當代詩大系24

古今藏頭詩集新錄

陳明道 著

博客思出版社

目次

壹、開篇序文

貳、藏頭詩

參、說書說詩

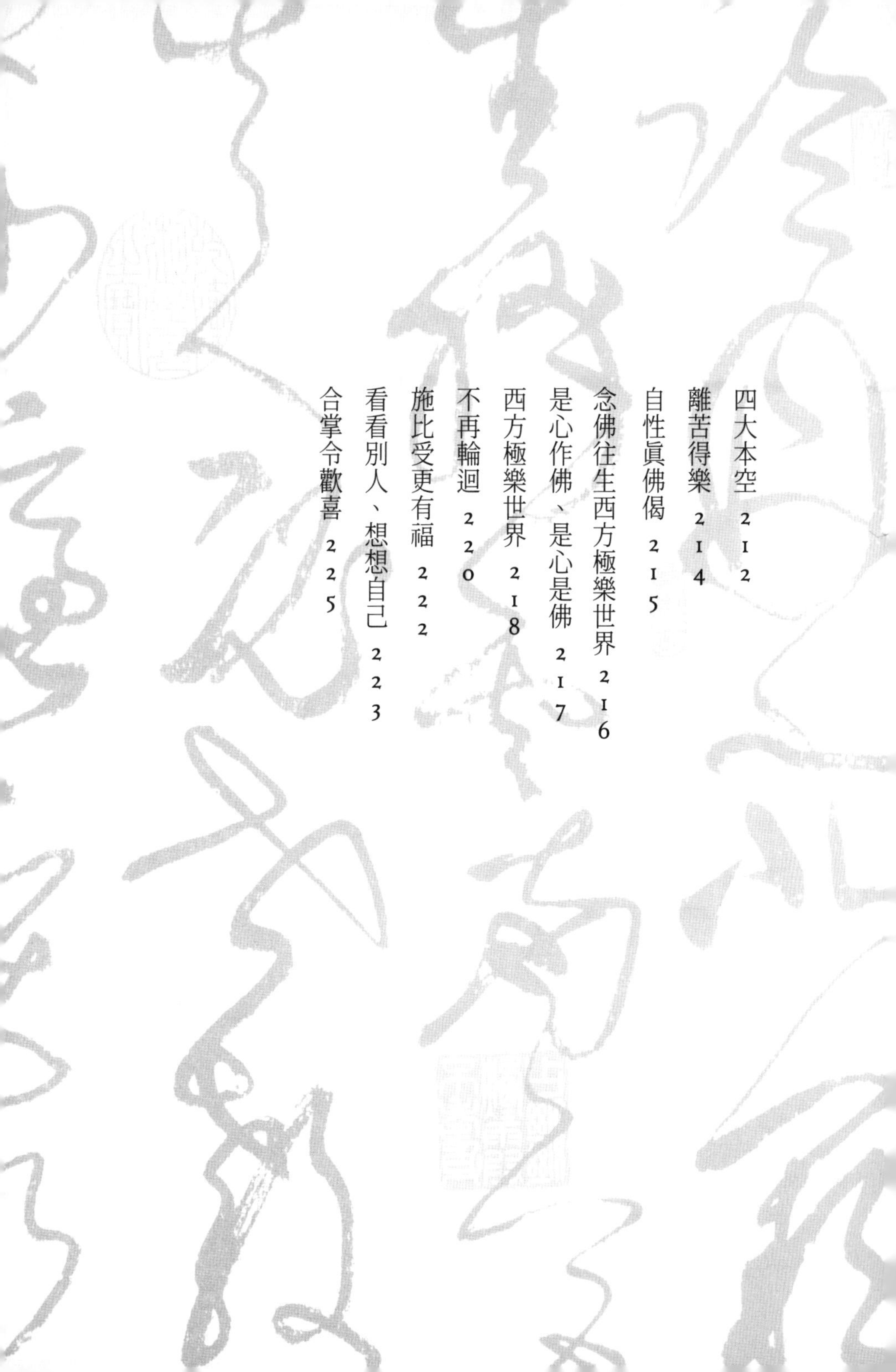

筆耕不輟誠心動人

——義竹國中校長蔣佳樺

記得有次和董事長有約，到達約定地點時，發現董事長正在與人攀談，仔細一看是世界展望會的認養捐助活動。我發現董事長聽得津津有味，結束後還跟我們分享：只要有能力，可以多幫忙就幫忙，人生不帶來，離開時甚麼也帶不走，不用太執著！

而從董事長出版的書《命運·運命——一個鄉下孩子的台北夢》、《陳伯伯的童年記趣》等書，可以發現董事長小時過得艱苦，工作做得辛苦，生活過得困苦，還遇上了三次生命危急關頭，挑戰這樣多的人生，爲何董事長仍能秉持善心，關心員工，關愛家鄉，甚至還對海外的困苦孩子伸出援手？或許在這本藏頭詩裡就能找到答案！

《古今藏頭詩集新錄》這本書是董事長的另一本嘔心瀝血之作，從各首藏頭詩就可發現董事長熱愛這塊土地（台灣自由觀光好地方）、熱愛生命（命運因努力而精彩）、熱愛閱讀（月落烏啼霜滿天）、熱愛交友（世間沒有我們不喜歡的人）、熱愛教育（嘉義縣老師好辛苦）、看淡得失（人生無求何來煩憂）；而從「施比受更有福」中又可見與人爲善的小故事、人生奮鬥經歷、學佛的點點滴滴、翻譯佛經的法喜等。不管是詩或小品文都可看出董事長筆耕的用心。

欣見董事長可以將這本書出版。在文章閱讀中，不同人總會有不同體悟，然而，閱讀的當下，卽是與自心交流的時刻，更是一段沉靜心靈的時光。這一刻，眞美！

每日心情得珍惜
天氣溫和到處去
都把快樂放心底
要是開心皆歡喜
給予溫馨最美麗
自愛生命顧身體
己心無事有福氣
一定幸福沒問題
個人美滿真實義
微微風吹心如意
笑聲響起就想妳

岸行學子成大器
腳踏實地有志氣
義理公道存心底
中立行善不遲疑
世代攜手樂歡喜
界定目標賢思齊
同學有緣聚一起
行走萬里接國際

義竹國小校長蔡鎮名

陳載佛法修菩提
明燈照亮學子筆
道披義竹澤鄉里
董長暖心重情意
事業有成饋嘉義
長年助學永不移
萬言藏頭詩文奇
福滿師生樂提攜

提筆而書，挑燈數日，方能勉力為陳明道董事長的大作略敘讀後百感。為文撰序，純為感佩陳明道董事長能以其人生奮鬥歷程，刻苦自學的精神，以最精簡且雋永的文字勗勉後輩，亦如《妙法蓮華經》所言，因眾生的不同因緣，而化現（以文字）且適切地「現身說法」。

在此書當中，除了陳明道董事長信手捻來、擲地有聲的藏頭詩外，更蒐羅其撰寫之多篇的修身養性短箋詩及短文，「簡短數行字、富含萬事理」，小品文更是將其多年來作品中的精華文章再現。將《命運．運命—一個鄉下孩子的台北夢》、《陳伯伯的童年記趣》、《生命之光—心靈的釋放》、《六祖法寶壇經淺譯》、《達摩大師論集今譯》、《達摩大師傳心法要》等五十多年來的著作，精華盡現。常聽陳董提及出外奮鬥的歷程與返鄉回饋的心意，但個人認爲，事業有成的人比比皆是、回饋鄉里的也大有人在，但要如陳明道董事長般再以親筆編撰記錄人生奮鬥史、兼能參透佛法精要，形於文字，並將善念善行施於鄉里、學子者，恐寥寥無幾，難得幾人！

現在的教育，就是希望孩子能「了解過去、把握現在、看到未來」，而在陳董的這本著作裡，我們正可以從「一個鄉下孩子的台北夢」與「童年記趣」裡了解過去、惜物愛物；從詮釋「心靈的釋放」、「壇經淺譯」等佛示法言，告訴我們如何把握當下、離苦得樂、靜心自得、自見本心，進而得展望未來、心無罣礙，找到生命之光，此書不啻爲明燈指引！特此撰文，聊表孺慕之意。

藏頭詩裡遇見愛

——義竹國中主任翁桂櫻

愛的語言有五種主要的表現形式：肯定的言詞、貼心的禮物、肢體的接觸、精心的時刻以及服務的行動。我從陳明道董事長返鄉舉辦生命品格教育講座、年年自掏腰包舉辦《陳伯伯的童年記趣》徵文比賽中，看見陳明道董事長將這五種愛的語言表達得淋漓盡致。每每他返鄉跟學生進行生命品格教育分享，總是用善言良語鼓勵學生勤奮努力，摸摸學生的頭，告訴他們常保一顆良善的心，多作利他的事，並且在演講後贈送給孩子文具等美好的禮物，最後還爲得獎的孩子書寫一首獨一無二的姓名藏頭詩。

讀完整本藏頭詩，發現讓人很驚豔的是，陳明道董事長將唐詩寫成藏頭詩，眞的是「詩中有詩，話中有話」。讓人感受到除了詮釋原本的意境外，彷彿把整首詩從2D平面的模樣雕塑成3D的立體。唐代田園詩人王維被稱爲詩佛，因爲他描述的詩中有畫，畫中有詩；在閱讀陳明道董事長的藏頭詩，也發現詩中有佛性，從雋字片語中看見人生歷練與意境。

除了令人驚豔的唐詩外，有好幾首藏頭詩也都讓人好喜歡。其中有一首是這樣寫的：「義」教學子貴以專，「竹」林七賢名俱揚，「國」育三德智仁勇，「中」善學如袁了凡，「五」彩繽紛吉祥來，「十」方雲集好人才，「校」長老師教學勤，「慶」祝生日立志行。對於這首詩特別有感觸是因爲自從踏入教育界，我就在母校義竹國中服務，當國中求學階段的老師變成了我的同事，老師不斷提醒我並傳承的觀念是：彼亦人子也，宜善待之。服務二十多年來，感謝前行者的代代薪傳，在教育崗位上，義竹國中的老師們總是勤奮認眞、努力教書教人。義竹國中是孕育人才的搖籃，現任的嘉義縣翁章梁縣長是義竹國中第十屆畢業生，義竹國中校友會創會黃世勳理事長是第十四屆畢業生，現任李維傑理事長是第二十四屆畢業生等多位傑出校友，他們跟陳明道董事長都秉持著相同的爲人處事觀念：把握生命的每一刻，分分秒秒在創造自己、利益他人。

藏頭詩裡藏著陳明道董事長的人生歷練與人生哲學，他不吝於分享童年之趣多人生的智慧也伴隨著藏頭詩進入腦海，成爲眞知灼見，進而在日常生活中一一落實，成就他人也成就自己。

您想知道陳明道董事長延伸了哪幾首唐詩的意境嗎?您想品嘗陳明道董事長的人生哲學嗎?邀請您進入陳明道董事長的藏頭詩一窺究竟。

最後，我努力嘗試著寫寫藏頭詩，在寫的過程中，眞是絞盡腦汁、滿身大汗，好不容易才有一首青澀的藏頭詩，深深表達我對陳明道董事長的敬佩。與此同時，感佩陳明道董事長信手拈來就一首，其功力就藏在他對人間的愛與信念中。

祝福您也與我一樣，在藏頭詩裡遇見愛，遇見眞善美!

藏在詩裡佛法中，
頭頭是道善用功，
詩情畫意樂融融，
裡出明道頓悟空，
遇順逆境心不動，
見遍人間諸大同，
愛人幸福真輕鬆。

自序

今年是二零二二年二月二十二日。

無怨無悔，也是人生一種美。

每個人的人生都不一樣，我一生面臨三次的死亡，可是都有奇蹟出現。

當年生活在農村，九歲的時候中午天氣很熱，跟一位同學到村裡池塘游泳，我只會游一至兩米長，同學根本不會游，他站在旁邊看，結果他站不穩滑下去，剛好抓住我的手，結果兩個人都沉下去了。我雖然用力想將他拉起來，可是還是沉下去，連續三次，我心想死定了，因爲中午沒有人會來池塘的。

在最後一次機會，奇蹟出現了，突然漂來一塊木頭，出現在我的左手邊，我剛好挽住那塊木頭，我們兩人才能平安的上岸，否則也沒有今天的我。爲什麼當我面臨死亡的前一刻，漂來木頭，這是我幾十年來打不開的謎，也是我第一次面臨死亡。

第二次面臨死亡，在我二十九歲時生了一場大病，送到台大急診室躺了三天三夜，醫生叫我回家準備後事，醫生確實說對了，當第三天的晚上八、九點開始，我的身體起變化了—我只剩下心臟在跳動，從肚子到腳底完全沒有知覺了，我心想這一次死定了。可是我還有兩位幼兒，一個三歲，一個四歲，當時我眞的不怕死亡，只是牽掛兩個小孩以後怎麼辦？內心的痛苦是無法形容的。

在最後一刻奇蹟出現了，有親戚當晚帶來一位中醫師，幫我把脈開了一張處方，叫家人趕快到中藥房抓藥，否則就來不及了，中醫師又說：這帖藥方吃了如果沒改善那就沒救了。我在半夜吃了中藥，到了早上全身恢復了知覺。靠這帖藥，我們就回家了。這是我第二次面臨死亡。

第三次面臨死亡是當我事業達到巔峯時，又遇到嚴重的病，我連續七天晚上睡不着，生不如死，我就到醫院住院檢查。住了十幾天，醫生說因爲檢查不出病因，所以也不能開藥給我吃，還讓我可以出院了。我二十幾天沒睡覺，感覺快死掉了，還要我一定要出院。護士說我神經病，沒病還是要住院，我聽到了，只好出院回家。

到家之後我又感到很痛苦，我想要再去掛腦神經科看看，結果醫生請假，我想既然來了又這麼痛苦，那就改掛精神科好了，輪到我看時進入問診間，見到一位老醫生，很慈祥的問我身體狀況，我就告知這位醫生，他回答我說：「我知道你的病。」當時聽了非常高興，有救了。他給我開的藥是安定神經的藥，不是安眠藥。

因爲當時很少醫生瞭解有自律神經功能失調症，這位醫生是從榮總過來的，每星期只有半天的看診，結果被我遇到了，化解今生第三次面臨的死亡，又救回我的生命。

當我有能力的時候，就開始透過台灣世界展望會資助全世界的小朋友讀書，這二十幾年來我付出的可以在台北買兩間房子，但我的內心非常的高興，因爲有他們給我的能量，讓我更加平安快樂，也非常感恩他們能讓我資助。

我只有國小畢業，十三歲一個人就來台北當童工，很認真的去創造自己，今天還有能力著作九本書，最近又出版一本《古今藏頭詩集新錄》是華人唯一的一本。其間歷經的酸甜苦辣以及小時古早的農村生活，點滴回憶並著作成第一本著作——《陳伯伯的童年記趣》，在台北市教育局一〇九年度「兒童閱讀優良媒材」評選，獲得中文圖書類三到四年級／優良推薦；及二〇二二年榮獲北京書展獲選書單之一。

人生如果遇到有多困難的事，都是很正常的，人生本來如是，原來如此。很多人爲什麼會活得很累、很辛苦、不快樂？就是因爲每天都爲了求個好心境，而想要改變外境來得到快樂。其實只要安住自己的心，把心放下來，沒有任何事情能夠障礙到自己的。

心悟無常解眞理，若能心空如大地，無來無去無憂慮，求得是苦放下去，萬事苦樂皆由己，事本沒事煩不起，皆因由心障礙您，悠閒活著心如意。

所以說：

人生短暫如影戲
生命難得記心裡
三生有幸在一起
千萬苦樂放下去
事到如今煩不起
淡淡生活真有趣
然而開心有道理
一定檢討看自己
笑臉常開不忘記
間如風吹飛過去

天佑台灣最美風景──寶島篇

台灣仙境美樂地
灣像美人得珍惜
自己安全到處去
由來居住樂無比
觀賞景色皆歡喜
光景優美遊客迷
好漢警察護衛您
地區自由了不起
方便交通得第一

阿美大家歡喜去
里程雖遠優美地
山景愛在心坎裡
千萬愛惜有福氣
年歲久遠更珍惜
神聖之地保佑您
木吸植物釋放氣
芬高增強免疫力
多減壓力好情緒
精神改善有道理

日出彩光照大地
月亮映現最美麗
潭中魚游愛無比
風光心曠人歡喜
景色旅遊得第一
優良村民陪著您
美如仙境在心裡
地區安全到處去

官員爲民心不苦
愛心熱忱市民福
市政用心有付出
民眾守規愛城市
政治用心有付出
府城市民樂歡呼
爲國官員心不苦
人民嚮往幸福事
民眾守規愛政府
服務熱忱人民福
務必達成無缺失

公是服務爲目的
務實認眞拚到底
人愛民而得安居
員心努力民福氣
好愛人民受人禮
辛酸苦辣不在意
苦心執行公正義
人民讚美說出去
民知感恩不忘記
愛心滿滿送給您
您如月亮照大地

台上台下爲市民
灣美人民樂一生
六都議員眞用心
市長被詢政執行
議爲市政愛百姓
會省金錢市民贏

戴任護民不忘記
天生喜樂拚下去
岳大智慧民福氣
警護人民得安宜
察看善惡查到底
局務熱忱受人禮
長久辛苦民愛你

台灣賞景無憂慮
灣美到處安全去
警護百姓了不起
察看善惡更積極
好漢衛民眾人禮
辛酸苦辣拚到底
苦無束縛樂自己
人民一定支持您
民知合掌共歡喜
愛心溫暖送警局
您是太陽照大地

蕭愛馬祖不忘記
惠心打造有勇氣
珠光景色美樂地
督導衛民外島去
察看善惡更積極
長久打拚樂無比
的確護民了不起
馬力路遙好體力
祖先積德有道理
人生喜樂無憂慮
生命運命造自己
筆記分享共歡喜
記得百姓得安居

嘉愛百姓皆歡喜
義氣保護大家去
縣鄉人民有福氣
警尊百姓共歡喜
察看善惡沒等級
局長交待拚下去
布有大海真美麗
袋存鮮魚遊客迷
分工合作護衛你
局長歡迎布袋旅
主要讓你樂驚喜
任遊警察保衛你
林護旅客無憂慮
弘喜嘉賓到此地
哲心一定護到底

埤前村民有福報
前生積德來修道
延長壽命不會少
平安快樂好到老
郡守鎮村記得牢
王佑全民如是寶

游愛今生創自己
尚心平等得福氣
儒教議題真道理
教導學子成大器
授課認真受人禮

古詩新寫翻新緒——古詩篇

百歲剎那飛過去
年老了悟還不遲
世間暫時心知意
事到如今心不迷
三生有幸學佛理
更生無明找生機
夢裡糊塗苦到底
萬想不到從何去
里程無限天知意
乾淨國土放心裡
坤德靜修看自己
一去不回無人理
局勢迅速往生去
棋盤保存如影戲

古人今日都離去
來到人間優美地
多麼想著當皇帝
少年如意樂無比
英存心頭真美麗
雄壯難忘無人比
漢知年老只回憶
南方英豪有志氣
北漢雄壯拚到底
山上叢林有個您
頭頂蓋草人知意
臥在萬年也不起
土堆只剩骨無餘
泥上雨水千古洗

人到世間走一趟
生存的確有困難
幾乎賣命換飽暖
何年曹操來幫忙
時爲安定而心茫

懷著盼望好命轉
憂愁放下除了煩
終生追求得圓滿
年老了悟時已晚
歲月剎那祈安詳

對上月光把酒喝
酒能當下來消愁
當然心開樂悠悠
歌聲響起除煩憂

人到世間無所有
生命坎坷還是過
幾時歸鄉心難留
何處找到好朋友

春天到了心歡喜
眠起精神飽滿氣
不知昨夜風吹起
覺悟換季樂無比
曉亮天色好美麗

處景清靜愛今日
處地風光解悶時
聞聲無影心了悟
啼叫之音樂歡呼
鳥兒不知人心事

夜寂吟詩月亮知
來了仙人問何事
風吹不動本無物
雨來草本有滋潤
聲起喚醒夢中人

花開嬌豔心暢舒
落花滿地香氣息
知心常存記心裡
多麼美麗如仙境
少年心悅樂驚喜

月光暫暗無限憂
落在異鄉思鄉愁
烏知遊子心難留
啼聲而來思鄉友
霜降風寒心靜修
滿心憂傷無話說
天神加持渡千秋

江水流去永不回
楓聲喚醒何時歸
漁民夜寂無所求
火光照耀心煩憂
對上月亮獨自坐
愁夜水聲難渡過
眠入夢裡故鄉愁

姑名聖地得珍惜
蘇山景色優美地
城上燈火到處去
外出遊子樂無比
寒冷瞬間變天氣
山頂風吟神知意
寺內拾得保佑您

夜生妄想憑空起
半夜孤單心中洗
鐘聲響起無憂慮
聲喚世人放下去
到達終點樂歡喜
客來招待不失禮
船泊岸邊得安宜

床夜夢裡記心底
前事想起有福氣
明亮溫馨又如意
月照大地心生喜
光明生命找契機
疑惑見到寒冷氣
是真或假放下去
地在不動沒關係
上人了悟如影戲
霜雪本無不在意

舉起酒杯心空寂
頭上仙人告知您
望天無影幻想起
明日期望還是迷
月亮不知吾心意
低下頭來空歡喜
頭上天神笑著您
思念空無心中洗
故愛珍惜祝順利
鄉愁感受在心底

樹下乘涼悟真理
欲知人生從何去
靜心觀照放心裡
而來人間有福氣
風吹清爽心不迷
不起煩憂放下去
止息觀靜菩提心

子孝雙親有道理
欲敬父母成大器
養育之恩思親起
而今傷心淚滿地
親人想起好愛您
不過今日只恨己
待親銘記放心底

不來人間沒有事
如今了悟已太遲
不要怨嘆生命苦
來了就要有付出
亦需學習聖賢事
不想歸去留不住
去時放下心了悟

來到世間樂暢舒
時光快樂心知足
歡樂無限樂無比
喜愛留著不回去
去向不知心最苦
時間到了求佛事
悲歡離合放下故

調心調性純善向上—共勉篇

生命在世需愛惜
命運運命真道理
意識執著心中洗
義愛人生放下去

凡事放下生法喜
所遇難事煩不起
有無皆空真佛理
相由心生轉出去
皆苦由己來生起
是非善惡心中洗
虛無生命自歸依
妄想不生得菩提

珍愛今生有個您
惜福感恩不忘記
生來苦樂依自己
命運掌握靠志氣
樂愛今生心不迷
無論坎坷運命去
比較痛苦傷和氣

和是平心笑顏開
氣和安樂心自在
生來人間無貪愛
財物多少煩不來
自在生活已安排
然而開心又精彩
來了世間無罣礙

世人平等而美麗
間如雲煙飛過去
沒惡萬事由心起
有愛貴人找到您
我們快樂在一起
不應是非而生氣
喜樂如意得安居
歡心喜悅至佛地
的確感恩大家喜
人生來回剎那去

人到世間皆空寂
生來有無不在意
無論貧富放不去
求得而來空歡喜

世人遇到真難題
人生了悟無常理
了解生存要努力
悟出真理不空虛
短能活著生有餘
暫時在世不在意
人來世間煩不起
生命自在無憂慮

心寬放下不迷愚
善人福報轉到你
自己所作多考慮
然而懷著好心地
美滿人生易遭遇
麗人又善不生氣

心空自由心暢舒
煩時了悟無常故
吟詩解悶忘今日
詩吟天籟月亮知
來去自由常知足
度生無求心無事
日月分明如生死

人生存在來度日
生命本來無一物
來去自由沒有事
回歸極樂空無物

心愛眾人得利益
存著慈善福等您
善惡分明真道理
念頭感恩合情義
天助善人好心地
不忘恩情神助您
欺人最終傷自己

人之間勿爭得利
能讓他人記心裡
相對感恩在一起
處理事情公正意
論事不爭人敬您
題案讓人皆歡喜
議爲和諧不忘記

心地善良佛保佑
想做慈善樂無憂
事實修行向心修
成佛了悟知回頭

人到世間是暫時
生來有無不在意
無論貧富帶不去
求得而來苦自己
何必苦求還是離
來去自由開心喜
煩惱己造無人替
憂苦由己放下去

人生短暫記心裡
生命難得第一諦
在時覺悟生法喜
世間無常剎那去
珍愛有人關心您
惜福喜捨心不取
健康才是真目的
康寧無憂得福氣

生來生命要珍惜
命運運命出頭地
寬宏大量無憂慮
心好人愛樂無比
無求心平有道理
憂愁放下得安宜

人生不要有罣礙
生活輕鬆又自在
自心平靜活精彩
在世無爭智慧開

人來世間受盡苦
生出本來無一物
世人爭奪沒好日
間時輕鬆短暫事
走到最後空無物
一定記住放下執
回去故鄉樂歡呼

生從何來死何去
命運運命出頭地
如同路遙有道理
此生一定有志氣
短暫運命靠努力
暫時生命才得意

春天美好的時節
夏日注意會曬黑
秋時清爽夜好睡
冬來溫暖加棉被
四四如意有人陪
季節情綿心自覺
平心今生最愛誰

歡來喜去本無事
喜樂憂苦到今日
心無罣礙全歸無
離世往生並非死
開心走了離諸苦
人來回去本無物
世間痛苦今了悟

煩事由心而生起
惱怒懷疑苦到底
要不執著悟佛理
智開無事就稱意
慧能不思善惡比
解愁無憂愛自己
開心每天有福氣

無心無煩己自在
心開見性皈如來
大轉法輪智慧開
師渡眾生脫苦海

命運掌握在手裡
運命打拚有志氣
因爲認真又努力
努勤功成有道理
力量真實無難題
而今成就父母禮
精神喜悅樂生起
彩光照耀而美麗

心淨自在真高興
曠野美景如仙境
神情喜悅走不停
怡然自得心清淨

善心感恩排第一
良知終生人愛你
是真正義又謙虛
歷史善良好心地
史上慈悲不爲己
中庸之道是正氣
稀少福報不在意
有了今生就歡喜
珍惜存在地球裡
珠寶多少帶不去

簡化生存不計較
單純生活心常開
過去隨著風吹飄
生活煩憂苦要消
活著貧富還是了
也要多少賺鈔票
是人生存必需要
一定心寬不嫌少
種種放下心情好
幸運每天好精彩
福報多少自然來

佛祖保佑全家裡
光照健康眾生喜
普渡眾生得福氣
照明生命學佛理

喜見自心佛安排
心悅無礙笑顏開
往生淨土願力來
生命無常脫苦海

人愛世間是暫時
來時歡喜也有苦
世人都想不要死
間如雲煙迅速無
本無一物何堅持
來去自由沒有事
沒來沒去自覺知
有了今日心糊塗
事無一生樂歡呼

真心待人命轉運
誠懇之心做不停
對事無私好事情
待人尊重平等心
每件事情要公平
一定做到努力行
個個皆是觀世音
人到世間有愛心
就是困難放心情
有了機會是貴人
福氣努力照光明
報恩之心一世情

心無所求不忘記
若能隨時放下去
知道執著傷自己
足夠就好心歡喜
幸運健康要珍惜
福氣自創放心底
無有財富沒關係
所以要存好心地
不要追求虛妄的
在生隨時注意禮

一生遇妳真歡喜
路遙馬力有道理
走到困難有了妳
來了世間在一起
感謝今生不忘記
恩情銘記在心裡
有了一切樂無比
妳的鼓勵得順利

珍愛今生離諸苦
惜命短暫今了悟
當來有去空無物
下放身心沒有事
所求得到剎那無
愛在生活常知足

美麗佳人看自己
好心待人得利益
的確感人大家喜
一定多人愛著妳
天下好人樂無比
加上善人神保妳
油是爲人而跑起

生來苦樂自己知
命裡短暫迅速無
如能相信何堅持
此生來去空無物
的確放下來過日
短短時空要了悟
暫時生存愛今日

祝福有愛在人間
您是我愛不怕強
有了您愛有福享
美麗真愛而成長
好感最愛靠肩膀
的確真愛要互相
一定遇愛如天堂
天天心愛福無邊

嫁錯人眼淚流
嫁對人常逛街
嫁好人心不累
嫁壞人苦一輩
嫁正人情人節

很愛人生事順利
冷風吹入心坎裡
要緊保暖愛自己
注定今生認識妳
意想不到來信息
保妳大家樂無比
暖和喜悅得安宜

增加智慧了不起
強壯身體有活力
體能訓練意志氣
力道增強無人比
愛護自己真歡喜
自由自在到處去
己愛生命是福氣

今日開心到處去
天氣雖冷不在意
我要生活樂自己
也許明天更美麗
給予金錢準備去
自愛想買樂歡喜
己心時常前後慮
放下堅持笑嘻嘻
了悟人生短暫離
一定花錢沒關係
個人運命握手裡
假日悅心曠神怡
期望愛己有道理

明道心體悟——至親篇

明往西方心自在
道生極樂皈如來
往生淨土笑顏開
生命無常脫苦海
人生存在來度日
生命本來無一物
來去自在沒有事
回歸故鄉空無物

每天無憂煩不起
日出日落更努力
一定感恩愛家裡
笑聲響起人敬您

多愛自己的身體
保平安樂不生氣
重要心寬痛苦離
照耀人生笑嘻嘻
顧前慮後樂不起
自心自在有福氣
己受苦樂放下去

世人受苦多煩憂
事不如意心自修
可否富貴不必求
比較痛苦每日愁
在世放下不執著
夢裡虛擬空無有
中庸之道一世休

珍愛人生不執迷
惜今當下皆空寂
短短生命放下去
暫時活著而努力
生來苦樂不在意
命運運命靠自己

凡人著相苦無比
事情煩憂就忘記
美好人生放心裡
好或壞由心生起
珍惜今世美樂地
愛心滿載送給您
人遇苦樂放下去
生來運命創新奇

有幸遇您好福氣
您的貼心無人比
真是友情愛到底
好事一定找到您

感恩隨時放心裡
謝謝幫助感恩您
我的運命才順利
一定不忘真情義
生命有您不忘記
中庸之道人生理
的確有您得利益
貴人遇到有福氣
人生珍惜在一起

身心放下樂歡喜
體康才是真目的
健全心態煩不起
康壯快樂就是您

天知善惡無憂慮
佑眾平安眾生喜
世人了悟剎那去
界定生命了不起

美麗人生眾知足
滿愛世界如天使
生存地球無束縛
活在感恩心不苦

感恩了悟常知足
謝天保佑沒有事
來去自由心不苦
人生短暫來度日
間斷苦樂剎那無
走到最後空無物
一去永別樂生死
回到億萬年別墅

好愛人生又想起
久別心想放下去
沒事作詩樂心裡
見到佛祖保佑您
面對安定大家喜
了悟今生變化時

無論聚散也知足
怨起性空無一物
無愛無恨心生智
悔悟心平無束縛
也許更好愛無住
是情放下沒有事
人生念情不要執
生來無緣就不苦
一無情愛心解悟
種種苦樂放下故
美好人生回憶時

最顧家庭是母親
美滿人生全家平
麗慈善良用真心
的確感恩愛今生
女人細心子女與
人生成就報恩情
是倍思愛努力行
母子猶如心連心
親愛的還是母親

珍愛人間如仙境
惜福今生在一起
擁抱健康記心裡
有了康壯好身體
把持當下最美麗
握有美景放眼底
當今好友不忘記
下定決心永不離

珍愛今生離諸苦
惜命短暫今了悟
當來有去空無物
下放身心沒有事
所求得到剎那無
愛在生活常知足

珍愛今生要稱意
惜福感恩常思議
相惜一起短暫離
聚集散去也歡喜
的確有您不空虛
時時提醒想起您
間歇快樂在一起

遠別親人思鄉親
離鄉背井孤單行
家貧打拚何處停
鄉親指引彼岸明
孤單期望遇貴人
單獨一人問自心
行至功成報恩情

富裕一定合道義
貴人感恩放心裡
一心讚美說出去
定言好話大家喜
有了是非無人理
道人心淨得安宜
理事不正人遠離

每見長輩想母親
逢年過節放在心
佳節了悟知善行
節慶特殊給真情
倍受關注值千金
思念往事慈母心
恩愛父母樂一生

有情行動愛著您
人在世間共同體
在於人生學菩提
乎友真情在一起
就要感恩喜歡您
幸運無事樂無比
福來牛年有福氣

不要爭論各利益
爭是痛苦害自己
理能平心在一起
愛好和諧皆歡喜
自心無私人敬您
己爲他人無難題

愛旅北歐如仙境
妻去千里保安平
歡心萬里送給妳
喜愛假期知珍惜
旅途愉快顧身體
遊玩心開全家喜
快樂出遊心暇逸
樂遊美景得記起

美麗人生就是你
夢想努力創自己
成功更是有道理
真誠待人樂無比

一心一意旅遊去
六六大順好天氣
八仙雲遊心暇逸
旅行快樂團隊喜
遊覽犒賞愛自己
北美仙境等著您
歐洲浪漫真歡喜

瑞遊心情放輕鬆
士景迷人憶心中
旅途愉快有始終
遊樂無慮心放空

不喜歡的事自擔
要是努力靠肩膀
對事認真出狀元
不勞父母而成長
起動正念爲己想
自愛奮鬥人幫忙
己勞功成靠自強

勞心工作事業興
力量無限努力行
賺來金錢問自心
錢事善用愛家人
自己辛苦成功因
有了能力報恩情
道心常存樂一生

生命短暫如影戲
命運隨時更努力
意志堅定受人禮
義理人生心謙虛
創造今生有勇氣
自在生活無憂慮
己遇難題解決去

富貴福報做下去
貴在好話在嘴裡
一生拚命有骨氣
定義功成要謙虛
有好朋友不可離
道路正直要馬力
理解人生在一起

人出世間無一物
生命短暫本無事
無來無去不受苦
求得平安心知足
凡人心平無束縛
事到如今沒有事
圓喜今生不要執
滿愛親人回憶時

聽到隨時記心底
天是人爲而努力
由生到滅剎那去
命運運命就看您

漫長時間伴孤獨
長久別離無人知
夜裡獨自心滿足
晚上無人好舒服
伴著月亮也知足
孤單回憶愛無住
獨自放下情全無

真誠對待任何人
正義最終不受苦
生來世間要知足
命轉運命就幸福
不要嫌棄是好事
爲人利己最真實
己善待人一定富

溫心敬老人愛您
暖冬年老不出去
的確感恩學道義
關懷長輩有福氣
懷著一顆好心地

我到人間初見妳
喜愛今生有伴侶
歡心遇到如仙女
妳的美麗無人比

愛情生活可放鬆
你時時在我心中
想來想去樂融融
你是天下最溫柔

善心喜樂人愛你
良好態度是正氣
的確每天不忘記
人要互相關愛義
總不可看人不起
是應隨時記心底
快來修正給自己
樂在今生最美麗

很愛今生相遇時
開心遠見心知足
心存感恩緣生福
認真友情難忘事
識人相應樂歡呼
妳心仁慈月亮知

在世遇您有福氣
我們互相不嫌棄
生來世間多珍惜
命中感恩認識您
中庸之道合真理
最愛朋友就是您
愛在心裡樂無比
的確有您真歡喜
人生有緣在一起

凡人生命要珍惜
事情過了就忘記
美好人生靠自己
好或壞由心生起

暫時靜修在家裡
不要冒險而出去
出去風險找到您
門前陽光普照地
享受夏天護身體
受到疫情要注意
一定做到放心裡
生命無常莫狐疑

美麗人生就是你
夢想努力要第一
成功更是有道理
真誠待人好心地

大慈之人脫苦海
嫂心慈愛笑顏開
金往西方心自在
蓮生極樂皈如來
往生淨土佛安排
生在佛國無罣礙
西方清淨心常開
方廣安樂不再來

要是朋友幫忙您
有了人助放心裡
感謝一定不失禮
恩情不忘第一諦
的確做到富有餘
心存禮敬得福氣

我心堅定不分離
很想今生有伴侶
想念當初見到妳
和諧歡樂記心裡
妳的善良了不起
在世倩影好美麗
一定追妳真心意
起開心扉愛到底

口出讚賞日常事
出言善意一定富
檢討自己心暢舒
討厭他人會氣死
言出好話緣生福
行正待人樂歡呼

妳心每天性空寂
是人爲己心歡喜
我們快樂在一起
心生感恩放心底
中庸之道合道義
的確友情不忘記
第一無二最美麗
一定不忘感謝妳
名人相遇有福氣

感言隨時放心裡
謝詞真正感恩妳
有妳的愛我珍惜
妳的關懷心歡喜

檢討自己受人禮
討人喜歡心安逸
自愛隨時無聲息
己富施捨人愛您
受到佈施不忘記
人說好話得利益
禮厚待人即空寂

感念銘記在心底
恩惠知報合情理
的確好運轉到您
人生命運靠福氣
有所作爲要努力
福來懷著好心地
報恩之人得利益

感言自性至佛地
謝詞真心送出去
妳的友情無人比
的確做到有情義
真是善神保佑妳
心存慈悲喜捨起
意義正確真道理

凡事成敗有義氣
事事如意要珍惜
都要感恩放心底
要是困難憂不起
很多機會來幫您
小心本來記心裡
心存仔細樂無比

心悟無常解佛理
若能心空如大地
無來無去無憂慮
求得是苦放下去
萬事苦樂皆由己
事本沒事煩不起
皆因由心障礙您
悠閒活著心如意

生命存在而努力
命運掌握在手裡
運命打拚有勇氣
轉道難事還要去

好的人生靠自己
心靈健康最美麗
情緒管理樂心理
好人好事喜歡妳
運轉心平好身體
氣質溫柔就稱意

人生意義創自己
生命存在共同體
命運掌握在手裡
運轉打拚真目的
靠勤奮鬥得利益
自得其樂心得意
己事功成要謙虛

留下每日的喜樂
給愛窮困真正捨
自知生命無所得
己愛奉獻心無求
的確做到最快樂
福造人間不執著
報了今生一世休

天氣無常需注意
氣候轉變愛身體
轉來轉去變天氣
冷風到來感冒起
了悟生病沒人替

生命奉獻生菩提
命運貧窮不在意
不爲利己爲目的
要知真理佈施去
只要善心得歡喜
爲人快樂人愛您
自知生命無常理
己愛造福無聲息

珍惜今生記心底
愛心滿載送給您
人生苦樂放下去
生來運命創自己

健壯人生父母喜
康樂活著多珍惜
自愛放下煩不起
在世感恩不忘記
事情好壞沒關係
事件多少都處理
順利事業感謝您
利人利己好運氣

勤苦功成有道理
儉討自己人敬你
積善仙神到家裡
德功不執有福氣

溫心孝親人愛您
暖冬注意自身體
的確感恩放心裡
關愛長輩受人禮
懷著一顆好心地
送你真愛的歌曲
給了體貼皆歡喜
你要隨時放心裡
所遇短暫有福氣
有情有義不忘記
想起能夠在一起
珍貴今生愛著你
惜日相處要珍惜
的確甜蜜的回憶
人遇真心寥無幾

在世遇妳真歡喜
我們快樂在一起
生來世間要珍惜
命中注定認識妳
中庸之道不分離
的確感恩放心底
每次想妳樂無比
一生幸運遇到妳
天神助妳有道理

寬受自安行忠恕
宏大心量必有福
學佛了悟知回頭
善知萬貫帶不走

宴爾新婚

敬祝鄭溫宴會席
賀心祝禧樂無比
世真愛虹有福氣
遠心惜雅要珍惜
虹美隨夫相愛居
雅惠教學受人禮
結聚親友見證禮
婚姻兒孫富有餘
喜宴開心大家喜
筵席新人感恩您

珍愛今生樂無比
惜福感恩記心底
生來苦樂要爭氣
命運掌握在手裡
樂愛今生心歡喜
無論苦樂放下去
比較痛苦傷自己

檢討自己受人禮
討人喜歡心傳意
自若無求樂無比
己富施捨人敬您
受到佈施不忘記
人說好話利自己
禮厚待人知見起

平心無憂成菩提
凡事放下心生喜
簡愛過日得安居
單純生活最美麗
就愛今生很得意
是人爲利苦到底
幸好無求有智理
福報多少沒關係

活著關愛弱團體
在世短暫要珍惜
自生到死有意義
己財多少不在意
心善隨時送出去
裡外平等人愛您

讓心無憂樂歡呼
快樂認真做正事
樂在其中最舒服
心有善意是好事
情愛不著心知足
陪伴長輩最幸福
伴隨笑臉開心事
著相痛苦樂不起
你的生活最踏實

人來世間不容易
生命珍惜要努力
本能無限不放棄
來到世間要第一
要求美好人愛您
努力今生父母喜
力量無限拚下去

漫長夜晚伴孤獨
長久心憂無人知
夜深人靜心糊塗
晚上思考也滿足
伴著月亮想往事
孤單也是很幸福
獨自作詩最舒服

寧在無人樂珍惜
靜心皆空煩不起
夜裡人生悟空寂
晚上獨自月知意
美好放下最愛己
夢中喜樂世界裡
成功快樂得安居
真正生命生法喜

心無罣礙最精彩
靈光學佛笑顏開
快樂修心皈如來
樂在今世脫苦海
最後皆空心自在
美好一生自安排
麗慈大悲不再來

曾經痴狂少年時——歌曲篇

最被尊敬的歌手
懷著柔情在唱歌
念情回憶好溫柔
的確聽歌最快樂
寶貴人生樂悠悠
島上響亮阿文哥
歌聲讓人除憂愁
王牌出場掌聲久
文愛歌迷如親友
夏心慈善世間留
先前歌聲懷念過
生來感恩心濃厚

送給真愛的歌曲
給了體貼皆歡喜
妳要隨時放心裡
所遇短暫有福氣
想起能夠在一起
珍愛今生愛著妳
惜日相處要珍惜
的確甜蜜的回憶
人遇真心樂無比

悲哀離鄉工作事
情況感覺好恐怖
的確掉下眼淚珠
城夜想起思鄉苦
市區孤單心了悟

黃色太陽快下山
昏暗景色心悲傷
的確想家在心坎
故居惜別新擔當
鄉離遙遠誰幫忙

港風吹來心悲傷
邊看魚船要出港
惜日甜蜜送出航
別了淚流放下難

漂流淚灑人海中
浪人祈望要成功
之苦必需放輕鬆
女心等待有始終

心裡形影只有妳
所以相隨要珍惜
愛妳隨時放心底
的確爲妳不離去
人生幾何有福氣

媽愛兒女最幸福
媽是天下慈母實
請放下心吾沒事
妳的疼愛除憂苦
也知妳心最愛吾
保安媽咪最知足
重心放下過日子

閒來無事心暇逸
來去自在只回憶
無是無非樂一起
事在人爲有道理
唱唱跳跳解悶氣
歌聲響亮無憂慮

孤單離鄉拚到底
女人命薄更積極
的確真是了不起
願意犧牲出外去
望遇貴人幫忙妳

時空消逝要珍惜
光照感恩愛著妳
一切事情剎那去
逝去不回放心底
永遠愛妳不忘記
不忘離別還是喜
回光返照也是妳
往日戀情有樂趣
事到如今分開去
只要忘妳就愛己
能夠放下了不起
回心轉意空歡喜
味無情盡愛無餘

世人遇到真難題
上天安排靠努力
的確運命轉到您
人來世間在一起
兒女孝順應該的
這是關愛受人禮
樣樣感恩有福氣
多少懷著好心地

昨晚遇妳真歡喜
夜裡夢見如仙女
的確感恩有福氣
星光銀河美如妳
辰星照亮不忘記

人空等待心中苦
在世情感了悟出
夕下暫暗喜全無
陽光落日愛了悟
黃紅綠燈變換事
昏暗遠見不清楚
後來解悶月亮知
陪己自在心恢復
著相痛苦忘往日
明日變化也知足
月亮陪我除憂苦
等待最後愛還無
寂靜心轉無一物
寞然回首本無事

星夜別離心痛苦
夜裡掉下眼淚珠
離開心痛無人知
別了之後是暫時

夜靜心靜伴孤獨
雨聲想起戀愛事
思念往事也幸福
情綿不斷愛著妳

港離故鄉打拚去
都會離別思鄉起
戀情甜蜜真歡喜
歌唱響亮送給您

愛了難忘得珍惜
上山景色優美地
妳曾陪我到處去
永存心頭樂無比
遠別之後又想起
不知相逢月知意
後來還是離開去
悔悟沒有留住妳
除掉妄想憑空起
了悟無緣心中洗
妳心照耀我歡喜
知愛已晚來不及
又在夜中夢見妳
有了影像真美麗
誰知往事如影戲

難過心情無限愁
忘了往事情難留
的確想念難渡過
初愛享受話最多
戀情綿綿樂悠悠
情感瞬間如水流
人生戀愛變化多

相見今天最美麗
見到妳有多歡喜
不要拋棄而別離
如果今生有運氣
懷著親愛散步去
念愛今生就是您

月光照在心坎裡
亮麗想起台北去
代當童工不得已
表達現在我心意
我想起昔日回憶
的確感傷淚滿地
心靈只好愛自己

人在世間要努力
生來熱忱得安宜
怨東怨西無義理
嘆窮認真有志氣
無事找事踏實起
路遙馬力不放棄
用對方法成大器

最愛今晚的集聚
後來還是分開去
一念之間變空虛
夜夢見妳最美麗

明星光亮想起妳
月照心頭憂無比
千萬不要給忘記
里程無限心一起
寄給心靈飛過去
相見難忘最美麗
思念虛擬心有妳

回味人生記心底
憶念當年在一起
往日情懷飛過去
事變無奈好想妳
真是人生如影劇
有愛情宜很珍惜
趣味今世不忘記

苦澀滋味成大器
盡己能力拚下去
甘心受苦有志氣
來了機會全靠己
懂得把握不放棄
人到世間好心地
生命運轉得第一

珍愛今生在一起
惜福感恩放心裡
曾言甜蜜的話題
經過戀情感恩妳
相逢時間最美麗
聚集歡喜我珍惜
的確人生愛相遇
時刻想妳心歡喜
光陰回憶永不離

初次見面最熱情
戀愛溫柔話最多
日夜相隨雙人影
記在心底樂一生

幸運今生遇美女
福到曾經牽過妳
就是人生的福氣
在世有緣樂無比
轉到瓶頸放下去
念情回憶藏心底
之別感恩還是妳
間如雲煙也歡喜

歡來喜去在一起
喜悅之前受委屈
再次見妳真歡喜
相愛今生抱緊妳
逢吉相遇不分離

思情往日愛著妳
念念不忘放心底
故友戀情只回憶
鄉里依舊要珍惜
的確如今分開去
情感放下真難題
人愛情感難分離

最愛心寬最美麗
親情不忘在心底
愛妳永遠不忘記
的確感覺好愛妳
好想時時在一起
愛在心坎常回憶
妳的溫柔無人比

珍愛今生遇到妳
惜別往日難忘記
爲妳真愛樂歡喜
我們離別又想起
流去時光的回憶
的確真理有別離
淚灑滿地沒關係

珍貴年輕給勉勵
惜福溫柔真愛妳
爲了感恩不放棄
妳心慈善最美麗
的確生活有意義
歲月留住有活力
月亮知道我愛妳

我來人間要努力
需要平安護身體
要是每天修正己
一定好運找到妳
些微鼓勵學真理
安心讀書放心底
慰問之心真感激

平常萬事而美麗
安全無憂到處去
快點放下不生氣
樂在其中在一起
永遠朋友就是你
相信人生真有趣
隨著時間善用意

情愛回憶獨自知
深夜想起是往事
意念皆空迅速無
濃情蜜語愛無住
緣起性空就不苦
份無心想也知足
薄情愛無本沒事

酒能當下來消愁
醉意對著月亮歌
還能走動樂悠悠
是心在動無事有
地搖自在還是過
震聲響起再喝酒

山上相隨最美麗
盟堅不移愛到底
海水枯乾永一起
誓願今生不分離
濃厚感情在心底
情侶之間真有趣
蜜語相隨要珍惜
意念當年的話題
爲愛別戀狠拋棄
何不告知而離去
把情愛全部忘記
我要堅持愛自己
忘了情感只回憶
記得往日月知意

記起當年的淚珠
得到真愛又失去
那是人生的悲劇
年常回憶無人理
離去至今真愛妳
別了之後又想起
時刻出現在心底
忍著昔情只回憶
住心觀靜也是妳
滿懷往日在一起
眶淚還是放不去
的確戀情不忘記
淚流滿面愛別離
珠光眼影也有喜

百年樹人杏壇春暖——師長篇

真正努力樂教育
理智教授真實義
大師知識人敬您
學子專心成大器
宗旨目的學真理
教導心靈樂無比
系刊道書而努力
張愛學子翹楚喜
家喻戶曉了不起
麟生學道受人禮
教善長久有意義
授課積極拚到底

義教學子合道義
竹解虛心成大器
國師辛苦教下去
小育翹楚了不起
老實教導樂無比
師生學子事順利
好心校長要珍惜
辛苦學子愛著您
苦共功名受人禮

蔡教學子辛苦行
鎮育教導時創新
名存學校超人群
校運長存義竹與
長久辛苦共同行

義教學子貴以專
竹林七賢名俱揚
國育三德智仁勇
中善學如袁了凡
五彩繽紛吉祥來
十方雲集好人才
校長老師教學勤
慶祝生日立志行

翁教學子好積極
桂育真理了不起
櫻心慈善樂教育
主要愛心不偏離
任務共苦樂無比

義氣騰雲齊祝賀
竹林七賢名俱揚
國教學子貴以專
小育博士遍四方
百千雲集好人才
年華翹楚十方來
校園長存學子興
慶祝生日立志行

李善待人受人禮
宜愛長輩有福氣
勳心仁慈人愛您
教導學子醫藥理
授課積極論議題

楊教學子成大器
梅育知識真實義
國師教導合義理
中育翹楚大家喜
老實專心人敬您
師生學業事順利
好心校長要珍惜
辛酸苦辣拚到底
苦共功名皆歡喜

賴教學子真努力
正人教導有福氣
宗苦窮鄉不放棄
校務認真了不起
長久奮鬥拚下去

祝福今日有意義
校務掌握在手裡
長久打拚創自己
佳人仁慈人愛妳
樺善認真樂教育
生來運命而努力
日子剎那就過去
快停下來樂無比
樂在今日有福氣

陳教學子真實義
立育知識更積極
峰德認真而努力
博愛人生在教育
士人三德成大器

六合騰雲齊祝賀
嘉賓聚集師生樂
國教三德智仁勇
中育翹楚造英雄
五彩繽紛吉祥來
十方雲集好人才
校長老師教學勤
慶祝學子立前程
蔡心認真在教育
美好人生有福氣
玲瓏剔透人敬您
校務積極而努力
長久勤教放心裡

朴教學子尊義理
子育知識成大器
國師應心智慧理
中行認真更積極
五彩繽紛心歡喜
十方雲齊有意義
七色陽光照大地
年華翹楚創契機
校心長存有福氣
慶祝生日樂無比
曾教學子成實坊
崇育博士遍四方
賢能學如袁了凡
校務認真自心寬
長久辛苦也喜歡

過教學子有義方
溝育三德名俱揚
國師應心授子弟
中授智慧成大器
柯教學子真實義
志育真心無能比
明善教導拚到底
校生學習皆珍惜
長久苦共受人禮

連無煩憂心歡喜
福造人間有創意
隆心慈悲又客氣
教育學子合真理
授以仁者成大器

埤前父母有福報
前尊長輩好到老
學子勤學無塵勞
子來背經記得牢
讀經修心不能少
經典教導人心好
最佳受教前途高
聽穎有禮之大道
明心見性學至寶

里仁爲美歡喜逗陣——鄉里篇

烏來山莊遊客迷
來了心曠樂自己
溫馨設施人歡喜
泉水泡了舒身體
山上景色優美地
莊頂俯瞰真美麗
服務人員得第一
務實經營又客氣
親身體驗最實際
切實休閒樂無比

康莊人生最美麗
富來不易顧身體
按了筋骨痠痛離
摩推肌肉舒緩去

金歡客人迎接您
皇帝佳餚得第一
天天鮮味在這裡
下馬排隊有道理
館內服務樂無比
金亮心情最美麗
色彩變化樂驚喜
味珍客菜不忘記
香飄料理有創意

林董事長善付出
榮愛公益台灣福
三施成佛樂呼呼
文人創造聖賢士
學子認真好前途
公正愛心樂歡呼
益人利眾慈悲事
基業鴻圖子孫福
金錢喜捨愛無私
獎得感恩林董事

林心真事報導去
宜如菩薩好心地
樟山下海得第一
記錄事件全靠您
者在採訪拚到底

添增方便又安逸
誠信產品最實際
捲上放下很滿意
門神護家真目的
馬力千里有道理
達到安全無憂慮
公開價格是正氣
司爲服務客戶喜

德心照顧無憂慮
心愛寵物記心裡
動在手裡心歡喜
物美可愛樂無比
醫好寶貝真目的
院長仁慈安心醫

陳醫精神妙回春
抱心眾人大道行
寰智仁術救世人
醫病準確照光明
師行慈善謝恩人

洪醫病患妙回春
志心熱忱救眾生
平善認真無缺失
醫病精準速恢復
師行樂善好仁慈

海鮮美味好歡喜
裕豐珍香得第一
屋藏佳餚歡迎您

劉醫胃腸救病人
正確精準除痛因
典智仁術超人群
醫病熱忱救眾生
師行樂善大道行

隨心用餐在這裡
意料之中好料理
鳥知景光優美地
地在俯瞰最美麗
方位設計人歡喜
餐廳香飄迎接您
飲食料理有創意
集智佳餚得第一
團結一心拚到底

小愛心意迎接您
統帥貴賓樂心喜
一定佳餚有創意
牛味珍香在嘴裡
排隊訂位有道理

感恩醫生不忘記
謝您辛苦記心底
醫療病人好心地
護理利眾得第一
人命依靠全是您
員工實命爲瘟疫
辛酸苦辣不生氣
苦悶人民愛著您
了知沒您無生機

無生法忍無煩惱
極樂人心自啓開
天人保佑人間來
元神啓智無罣礙
宮殿諸神大慈愛

佳人時時最美麗
麗心愛美笑嘻嘻
寶貴漂亮更積極
保證品質又貴氣
養肌皆知大家喜
品牌悠久百年起

資深產品給美麗
生來愛美靠自己
堂中亮麗有創意
東西真實又貴氣
京城皆知有道理
櫃上極品不忘記

蕾花漂亮女人意
莉香氣氛心歡喜
歐洲品牌得第一
保證優質又貴氣
養肌容易靠蕾莉
品牌悠久最美麗

霍然雲消痛全無
普遍安然除病苦
金玉之言來告知
斯診離苦樂歡呼
診斷正確無缺失
所遇饒瑞悌醫師

今日相逢樂歡呼
生來共事心不苦
有緣聚散念往事
緣起緣滅無一物
相遇無常剎那故
逢今有緣論心事

見賴推脊有秘方
效建仁術離疼酸
堂宜功夫師父傳
國內皆知骨傷專
術正除苦樂病患
館行精確斷痛歡

王來共事心不苦
子能相逢樂歡呼
中在一起好同事
泰能相遇心暢舒
好友轉眼空無物
同甘共苦論往事
事在人爲真滿足

郭勤業務心不苦
惠命運轉功成事
慈悲喜捨心暢舒

三施得獎真歡喜
癸製山茶在手裡
亭造優等有道理
製茶功夫無人比
茶甘醇香得第一

一百零八年長壽會祝詞
八仙過海吃百二
十全一生真歡喜
年月日時愛自己
歲暮健康樂無比

快活隨時放心裡
樂天無憂事順利
天上天神喜歡您
堂中一起樂無比
基本之道真實義
金錢施捨真情理
會在夢中笑嘻嘻

台灣心善美樂地
灣人喜捨了不起
世間居住有個您
界美人善心謙虛
展開愛心照顧您
望您成龍得第一
會是慈善須用意

嘉人樸實惡不取
義氣打拚有勇氣
埤前人善受人理
仔心溫柔人愛您
頭頂神明也歡喜
三生有幸難思議
媽疼世人要珍惜
會愛回鄉在一起

平和身心要積極
衡量穩定師教您
伸身舒服有氣息
展開筋骨放鬆理

光照身體循環氣
之愛人生最歡喜
石熱溫度有抗體
能除疲勞身有力
量能適合除濕氣
汗流滿身愛自己
蒸發痛苦剎那去

興起獨自靠自己
田野耕耘樂無比
國民健康常雄喜
際遇困難不放棄
集智產品保護您
團結一心拚到底

寬愛慈悲心自平
宏偉事業必有成
自知待人得光明
有了運命生意興
道在實行愛今生

極致製造又努力
品質優良得第一
企業嚴格了不起
業界老牌有創意
有客來訪心歡喜
限量生產更積極
公愛客戶不忘記
司營產品自造起

陳愛讀書又努力
楷模遇到無難題
臻女孝順應該的
我說真心喜歡妳
們是有妳而得意
喜妳是我的孫女
歡迎來到陳家裡
妳如天仙像仙女

梅子陳酒情意久
寧心友情無所求
刻苦耐勞如陳酒
苦樂受教向心修
耐力創造真優秀
勞心自己無煩憂

陳醫細心疼全無
山技準確除病苦
甫心慈悲樂善施
推肌舒緩妙因除
拿手解痛不受苦
醫程短期樂歡呼
師愛患者快恢復

國級訂製得第一
泰山花鳥油詩意
畫作書法最美麗
廊製立體客歡喜

年年歡樂喜慶有餘——時序篇

路遙勤奮心自平
特達祥和待客心
新春如意大家興
年祈生意做不停
快迎財神送金銀
樂見雞年大好運

大愛精神心歡喜
年來開始富有餘
初步建立新開始
一定功成找到您

珍愛身體早睡起
惜福在世大家喜
新來牛年有力氣
的確健康真目的
一定今年更努力
年到快樂就是您

元神生存快樂時
宵夜自由沒有事
佳時了悟常知足
節慶喜悅愛今日
愉悅心中離諸苦
快去解悶樂心知

孝敬長輩好到老
順境利益真不少
父是導子向善好
母慈疼惜最可靠
有了雙親菩提道
福來把握圓明照
報其前善如是實

母愛子女用真心
親情無價知孝行
節日慶祝來報恩
快樂人生愛母親
樂母在世健壯行

最受尊敬是父母
感謝一生的辛苦
恩情無邊今了悟
父教真理聖賢事
母育創造好前途
用愛啓示子孫福
真正慈心來付出
心存喜捨愛無私
照料兒女菩提樹
顧家快樂心知足
我最幸福樂暢舒
們的成就父母苦
長久報恩給好日
大愛父母樂無比

感謝父親愛教育
恩情銘記在心底
爸媽真的好愛您
爸如太陽照大地
節日全家樂歡喜

中秋月圓心暢舒
秋去冬來樂無事
節儉佈施好仁慈
快望玉兔心知足
樂不可極來安住

教育博士遍四方
師教五子袁了凡
節日禮謝吾師苦
慶祝老師感恩詞

祝賀愛情節日喜
福氣應該送個禮
情人今天最美麗
人愛自己還有妳
節日牽手到處去
快點準備等著妳
樂不思蜀回家裡

聖人無憂常知足
誕生世間求幸福
節日歡喜愛無事
快樂聖爺送禮物
樂在小孩禮滿屋

祝賀平安富有餘
福報吉祥事順利
虎來保護得安宜
年富掌控好運氣
好到開心樂驚喜
運命享受最美麗
氣勢雄壯人愛您

中秋月圓照大地
元宵佳節富有餘
平安知足愛家裡
安詳全家笑嘻嘻

祝您新春樂無比
福氣鼠錢來找您
新除煩事無憂慮
年假全家樂歡喜
快樂心情到處去
樂在拜年喜送禮

婦女慈善男人愛
女愛男生送花來
節日歡樂心放開

祝賀平安富有餘
福報吉祥得安宜
牛來保佑全家喜
年富一定找到您
好愛友誼互助力
運命掌握創造去

端立無礙萬事通
午時立蛋向天空
節日放假樂融融

假日野外美樂地
日光大道叢林裡
愉悅開心樂驚喜
快樂今日愛自己

春去夏來四季平
天氣暖和心暢舒
的確有感好天氣
樣樣順利得第一
子孫功名恭喜妳

星夜離別是往事
期待遇到好明日
天氣暖和心暢舒
快樂心情喜呼呼

星辰光亮如鑽石
期許今日心不苦
一起享受好日子
快樂工作愛今日

星光大道美樂地
期望今天事順利
二六時鐘好運氣
快樂財神來助您

星火燎原有勇氣
期限打拚可轉機
三昧無礙沒關係
快樂功成樂無比

星如燈塔照光明
期您指引知岸行
四海茫茫何處停
快樂遇到善心人

星球人生如影戲
期間短暫要珍惜
五福生命剎那去
快樂今生看自己

星星閃亮在眼裡
期待親友聚一起
六親慈愛受人禮
快樂人生就是您

點點心語座右銘—極短篇

早上心情放輕鬆
安心找到好老公

早遇善人記心底
安知感恩有福氣

早安心開樂無比
安心生活看自己

早上起床無煩事
安心做事心歡喜

早說好話受人禮
安在體貼人愛您

早無心事放心裡
安樂自在而努力

早上讚美說出去
安心工作能順利

早愛今日在心中
安靜無事心輕鬆

早上起床抱老婆
安全出門不怕狗

晚風吹來心空寂
安心愛在夢中裡

晚上無事心歡喜
安排人生善用意

晚愛夜景美夢境
安心無事到天明

晚風吹來心暢舒
安靜心淨到天明

開起生命的意義
心想打拚創自己

秋去冬來四季平
天氣多變給叮嚀

苦樂唯心所創造
少欲無爲心證道

追求幸福自心修
快樂不需往外求

忍受心安得滿足
寬宏大量必有福

學佛了悟知回頭
家財萬貫帶不走

真正生命修自己
觀照自心不生氣

明學知足悟真理
道心利人益自己

明知不聞亦不見
道心空寂自性淨

玉碧璀璨如仙景
蓮花開放常歡心

立峰仁德教資穎
玥書六經育楷臻

路遙知力一條心
特達團結事業興

萬行慈悲菩提心
仁善喜捨事業興

夫妻如是同林鳥
大限來臨各自飛

檢討自己受人禮
尊重他人皆歡喜

家財萬貫帶不走
學佛了悟知回頭

離苦得樂自心修
放下怨恨樂無憂
呼吸不來臨命終
財產積山也是空
生來世間受盡苦
往生西方歸淨土
慈濟福報升天界
自心功德往極樂
人間有生無不死
永恆生命求淨土

孝順父母有福報
尊敬長輩貴人到
常以寬容心待人
生活會安樂自在
生前枉費心萬千
死後空持手一雙
看看別人的優勢
想想自己的缺失
嫉妒別人心痛苦
自己愚癡全不知

人生運命之大道

快樂不需往外求，心平放下樂無憂。

我們爲什麼會活得很累、很辛苦、不快樂？就是因爲每天都爲了求個好心境，而想要改變外境、尋歡作樂。其實這些都不必刻意去追求，能夠追求得到的快樂，一定是非常短暫的，反而會帶來更大的空虛。

眞正的快樂不需外求，只要能自己安住自己的心，不刻意觀察別人的缺點，不受外境影響，放下我執，不起分別心，煩惱就不生，心自然而然就平靜。

事實上，快樂是在自己的心裡，而不是從外面去獲得的。想要「找到」快樂，就猶如拿自己的心要去找另一顆心，是不可能找到的。

常以寬容心待人
生活會安樂自在

真誠篇

待人真誠心自在
嫉惡如仇煩惱來

智慧篇

常生智慧不生氣
心寬少欲事如意

修心篇

在乎別人的缺失
容易造成心煩事

善言篇

甜言一句有好報
善意利人記得牢

歡喜篇

知足常樂好溫馨
尊敬長輩得人心

珍惜篇

掌握命運靠自己
生命無常需珍惜

自在篇

常見己過好自在
心量廣大福報來

運轉篇

命運運命功成到
心寬好運樂到老

開心篇

知足幸福如是寶
孝順父母好到老

積善篇

誠懇助人積善因
生命意義互關心

生財篇

和氣生財自然來
佈施無求心愉快

寬容篇

常看別人的優點
想想自己的缺失

如意篇

常饒益心如虛空
心無礙萬事暢通

成功篇

生命意義創自己
功成打拚真道理

觀照篇

真正生命修自己
觀照自心不生氣

精進篇

常行精進，常念知足
少欲爲無，身心自在

和氣篇

若言下相應，即共論議題

若實不相應，合掌令歡喜

修口篇

不言是非無敵人

不問是非心自平

不聽是非最聰明

不傳是非公德心

歡喜篇

常見己過

不說他人惡

心量廣大

自由又自在

佈施篇

物質佈施

勞力佈施

精神佈施

語言佈施

寬恕篇

容忍被欺辱

心寬必有福

爭理很痛苦

心平最舒服

一、看看別人善念起
想想自己生法喜
二、聞如不聞煩不起
見如不見心空寂
三、執著煩惱傷自己
不善心惡無人理
四、謙恭人人皆歡喜
智慧每天樂無比

一、謙恭記得牢，一生樂到老
尊重他人得利益
檢討自己受人禮
爭理痛苦傷自己
心平自在皆歡喜

二、半部哲學愛自己
世人一半支持你
一半反對爭到底
一定有人傷害你
這是正常不在意

三、合掌令歡喜
容忍被欺辱，心寬必有福
爭理很痛苦，心平最舒服
若言下相應，即共論議題
若實不相應，合掌令歡喜

廿一世紀明道詩篇

一個鄉下孩子的台北夢

離鄉背井孤單行
遠別親人思鄉情
茫茫大海何處停
貴人指引彼岸行
期待機會遇貴人
感恩之心一世情
今生功成報恩人

驀然回首知學佛
離苦得樂無憂愁
瞋恨毀滅清淨心
解開煩惱好修行

活著開心不生氣
健康才是真目的
快樂更是有道理
錢多或少不在意
隨時努力靠毅力
時間到了沒關係
心無罣礙真歡喜
往生極樂世界去
了悟生命樂無比

漫長夜晚伴孤獨
心頭疼痛無人知
夜深人靜心糊塗
只恨今生不滿足
看看別人想心事

活著關愛就是您
健康才是真目的
快樂更是有意義
錢多或少不在意
隨時愛心送出去
時間到了沒關係
心無罣礙真歡喜
往生極樂心想去
不活在別人嘴裡
要活在自己領域
別人造言不要理
生活快樂靠自己

說人壞話害自己
造謠是非無人理
好命歹命在嘴裡
嫉妒人家窮到底
富貴一定有道理
隨時把愛放心裡
能將愛釋放出去
財富進入你家裡
把打油詩轉出去
財神大爺找到你

富貴一定有道理
感恩隨時放心裡
己富不忘佈施去
命運運命愛著您
財富進入你家裡
說人好話人愛您
造善被人看得起
好命歹命在嘴裡
真心讚美釋出去
若言相應論議題
若不相應令歡喜

世人一半支持您
半數反對爭到底
一定有人傷害您
不要在意而生氣
這是正常不在意
容忍被欺活下去
爭理痛苦會氣死
無爭自在大家喜
若能相應在一起
若不相應令歡喜

女人聰明常下廚
全家健康病全無
體貼溫柔禮不失
花錢購物氣有福
親友嫉妒會氣死
檢討自己就有福
怨嘆歹命自己苦
言出好話會大富

萬事考慮得第一
輕意理事來不及
短暫人生如影戲
但要對得起自己
生命終點不空虛
不恨今生不稱意

口出讚賞是好事
嫉妒別人不會富
檢討自己心暢舒
討厭他人會氣死
言出好話緣生福
惡意待人自己苦

檢討自己受人禮
富貴一定有道理
感恩之人有福氣
財富進入您家裡
語言佈施能得利
真心讚美說出去
說人好話利自己

人生仁慈心歡喜
尊敬長輩人愛您
親切待人有福氣
歡心體貼不失禮
自在無憂煩不起
活著想想看自己
健康才是真目的
快樂真正有道理
錢多或少不在意
懂得生命放下去

綿綿細雨滴不停
微微晚風催入眠
夜深獨自問自心
吟詩天籟月知音

有緣相識前世因
茫茫大海何處停
有你指引知岸行
猶如燈塔照光明
皇天不負苦心人
功成感謝報恩情
回饋故鄉愛鄉親
鄉里依然有人情
的確感恩心歡喜
我今回鄉好愛您

珍惜生命樂無比
短暫人生莫狐疑
但要對得起自己
人生在世剎那去
生命終點不空虛
不恨今生不稱意
時間到了沒關係
隨時準備至佛地
心無罣礙真歡喜
往生極樂世界去

生命愛您有道理
命運掌握不放棄
運命打拚有勇氣
轉到難事友幫你
友人幫你記心裡
隨時感恩不忘記
不忘恩人得福氣
功成施捨佈施去
取之社會施道義
資助他人得利益

陳伯伯的童年記趣

這本書記載了我小時候生活在農村的點點滴滴。《陳伯伯的童年記趣》是我用一整年的時間，竭盡心力，將五十年前所發生過的事，逐一回憶、整理，所完成的一本書，也是個人的回憶錄。這對一個只有受過國民小學教育的人來說是一件非常艱難的事。因爲當時小學畢業時，認識的字並不多，根本無法和現在七、八歲的小朋友相提並論，然而沒想到的是，今天我以無比堅定的心念和毅力，克服種種困難，耐著性子完成九本書──《命運．運命──一個鄉下孩子的台北夢》（中英文版）、《陳伯伯的童年記趣》、《生命之光─心靈的釋放》、《六祖法寶壇經淺譯》、《達摩大師論集今譯》、《達摩大師傳心法要》、《古今藏頭詩集》與《古今藏頭詩集新錄》。

我一生命途多舛，發生了很多預料不到的事，甚至無法想像我有過三次瀕臨死亡的經驗，包括我剛要演出精彩人生時，就差點被病魔打倒。躺在台大醫院急診室裡，名醫判了我死刑，面臨死亡的那一刻，心裡想著一定沒有機會活著回家了。但幸運地出現奇蹟，化險爲夷，且恢復了健康。工作上也經營了三種自己不曾料想過的事業，幸好，沒有讓家人失望，雖然不是很大的成就，可是自己還算滿意。我一生命運的變化，直到現在連自己皆難以想像，這是眞的嗎？宛如在夢境中。

當我在最艱苦的時候，就許了一個願望：如果能渡過難關，將來一定要把自己如何克服困難的經驗，寫成書和現在的年輕人分享。因爲那些苦難的經驗，教會我：做人不可心存僥倖，一定要腳踏實地、一步一腳印、誠心待人、努力付出，最後才能成功。

年輕人看了我寫的《陳伯伯的童年記趣》，可能會心存疑問：「書裡寫的是眞的嗎？」我不是小說家，也非編劇家，不會編造故事，絕無造假之處，我寫的句句眞實。這是我一生做事的原則：就是實事求是。

童年記趣只回味
點點滴滴七十歲

分擔家事養家禽
賣掉換錢好心情

幫忙除草抓害蟲
不怕辛勞做苦工

樹枝生火煮豬菜
稱斤過磅好買賣

頭頂烈日剝黃豆
揮汗如雨苦無風

小心翼翼撿地瓜
農田主人罵髒話

守法繳稅心自在
老實遵規無罣礙

生產報國賺外匯
採收甘蔗好機會

爲了一餐白米飯
毛遂自薦幫割稻

三餐地瓜記憶新
難得吃口白米飯

兒時饞嘴偷吃肉
老來多病難享受

父母嚴教有義方
珍惜生命勿貪玩

童玩黏土造人型
欣然忘食鬥輸贏

爲求省錢買私鹽
害怕警察來巡檢

井裡汲水要排隊
節約使用不浪費

清理糞桶不懈怠
池塘挑水忙澆菜

醫療不便多偏方
藥包寄賣掛牆上

暖和陽光照大地
享受冬天日光浴

長輩輪流說故事
庭院乘涼心舒暢

孝順父母種善因
耀祖光宗子孫興

糖果好吃買不起
要錢吵鬧被修理

媽媽勤儉超級省
用電還分好幾等

知錯改過作箴言
終於報恩展歡顏

冬天冷風來報到
半夜避寒不亂跑

美援麵袋做褲子
中美合作印屁股

洗衣補衣像貼布
滿足現況展抱負

多生子女多福氣
養飽全家不容易

父親翻譯代民勞
春聯喜幛樂揮毫

午餐便當香噴噴
期待下課敲鐘聲

照顧弟妹排第一
做工賺錢捨教育

畢業離家當學徒
一技之長好功夫

夜間騎車工作去
北風凜冽不放棄

冥婚故事真有趣
安排迎親神旨意

終成眷屬媒人力
婚姻圓滿又如意

赤腳走路上學去
燙到起泡又脫皮

新娘嫁妝一牛車
婆媳之間笑呵呵

終身大事父母定
兩人世界增感情

生男生女靠福氣
傳宗接代心歡喜

婆媳無爭萬事興
相處和諧造福因

博愛仁心救世人
耶穌基督賜安平

致予世人博愛心
浩然正氣慈善行

期盼鄰居辦喜事
幫忙宴客打牙祭
萬事善緣自安排
事事如意心常開
淨化心靈無罣礙
生活安逸好自在
利人成功有道理
常見己過記心裡
甜言一句有好報
善意利人記得牢

先聖教化學道義
宇宙人生修真理

命運．運命——一個鄉下孩子的台北夢

這本書記錄了我一生幾十年來的點點滴滴。我十三歲就離鄉背井，踏入社會打拚，一路走來，嚐盡了酸甜苦辣，至今記憶猶新。利用一年時間，回想自己五十幾年來發生的每一件事，竭盡所能，整理成一本書，完成了我的前半生奮鬥史——《命運．運命》。這對我來說是一件很艱難的事，可是我用一顆堅定的心去做，克服很多困難，終於完成這本《命運．運命》。回憶的過程，使我更了解生命的意義，不只僅在爲自己創造無限可能，更重要的是能開創更多的利人機會。

人生說長不長，說短不短。五十年的歲月，轉瞬間就物換星移，人事全非。回想起童年生活的四十年代，與我現今所處的九十年代，五十寒暑的時光，生活、社會卻有天壤之別，其變化之鉅實難想像。

猶記得當時離家北上，父親騎著腳踏車送我到火車站的情景，直到現在還縈繞在腦海裡。很難想像，我那時還只是個懵懂的小孩子，又沒有一技之長，也沒有任何人

際背景，竟然敢離開父母親，獨自踏入社會。這種膽量、氣魄，至今回想起來都不自禁的佩服自己。

人生世事難預測，在我的一生當中就曾發生很多預料不到之事。在我剛開始要演出精彩人生時，就差點被病魔打倒。名醫判了我死刑，躺在急診室裡，等待死亡的那一刻，心裡想著自己一定沒有機會活著回家。所幸遇到貴人，最後又能夠恢復健康。這種情況很少人有機會體驗，但卻是我的親身經歷。

想當初我來台北，連寫封信回家報平安也不會。雖然我受過國民小學教育，可是大部分的時間都在田裡幫忙工作，因此畢業時識字並不多，比不上現在七、八歲的小朋友。而如今，做夢也沒想到，竟能親手完成一本書。

年紀輕輕的我，就離鄉背井當童工，難免會有思鄉之苦，非親身經歷很難體會箇中的痛苦。然而唯有在困頓中成長，最後才能眞正學習到經驗和技能，才能眞正創造自己的前程。若說我今天稍有些許成就，就是因爲我未曾輕言放棄，堅持到底所使然。在事情還沒一一實現之前，從沒想過自己能做得到。所以說：人的命運還是要由自己去創造、掌握、運轉。

我一生的命運坎坷多舛，諸如鮮有人遭遇過的三次瀕臨死亡經驗，最後都有奇蹟出現而化險爲夷；此外，經營了三種自己從未想過的事業，結果不但沒讓自己失敗，反而很慶幸自己能有一些成績。雖然不是很大的成就，但我卻很知足現在的生活。

這本書的成形，就是當我最艱苦的時候所許下的一個願望—有朝一日，若我能渡過難關，而有所成就時，一定要將自己的經驗整理出來，希望能給予年輕人一些經驗、鼓勵。讓他們瞭解到，眞正的成功，是必須腳踏實地，眞誠以對的付出。絕非投機取巧、心存僥倖所能達到的。

或許讀者看了本書，可能會心存疑問，懷疑這是眞的嗎？

我必須鄭重聲明，我不是小說作家，也非編劇，不會編造故事。本書中所描述的每一件事，均是我個人的一生經歷，絕無造假之虞。正是因爲如此，在撰書的過程中，有幾位好朋友，曾建議我花錢請人代寫，可以不必這麼辛苦。但我卻不以爲然，這不是花不花錢或辛不辛苦的問題，而是自己的故事由自己來寫，這才最眞實、也最貼切。更何況這也反映出自己的個性，一生做事的原則就是親力親爲，實事求是。

態度決定高度，個性決定命運。人的一生遭遇到的好事和壞事可以稱之為「命運」，但若把壞事變成好事，則稱為「運命」。命是宿世種的因，運是今生受的果，亦叫做因果。一般人說：命運是前世種的因，今生受的果，是早已注定了，所以命運是不能改變的。但是命眞的不能改嗎？我卻不這麼認為。我個人的經驗告訴我，命能夠改變的，就是所謂的「運轉」。如何去運轉呢？種好因就能夠運轉宿世因，改造今世的果，這叫做「運命」。所以說：常做好事，多安慰遭到痛苦的人，誠懇待人，幫助眞正需要幫助的人，這些都是種好因，有善因就有善果。好比種果樹一樣，只要用心灌溉，一定能結出甜美的果實。有的人如果遇到困難就怨天尤人，說老天給他不公平的待遇，他的命不好，那他一生都無法得到幸福。其實改好運還是得要靠自己，老天也幫不上忙。人生如果要活得更有意義，就不能被命運主宰，要做一個運命的勇者。

在現代社會中，大家都為生活而忽視精神糧食。為了要活得更快樂，我很用心去研讀佛書。學佛能減少妄想、煩惱，能淨化心靈，提升智慧，心寬自在。現在的人要求更好的生活品質而每天忙個不停，為了自己，放不下子孫而辛苦一輩子，我也不例外。可是在我中年以後，有機緣遇到佛法，瞭解一些道理，所以受惠很多。有這麼好的事，一定要告知大家「有福共享」。我寫這本回憶錄的目的，也是爲了分享我學佛的經驗給有緣的人。

寫這本書時必須要能耐著性子，寫出我一生眞實的故事，這對我來說非常不容易。我一生中做過好事也做過壞事。我所做的好事，鼓勵自己繼續做好；不好的事，必須隨時提醒自己懺悔。寫完這本書，更瞭解生命的意義，人生需要再努力，不斷的修正自己，精進研讀佛學，並且身體力行，這樣才能完成皈依如來大業。藉著這本書分享我「運命」的經驗和大家結善緣，希望大家在未來的生命中更熱愛自己，心胸更寬闊，最終能無罣無礙、自由自在。

人生世事難預測

運命靠己有所得

茫茫大海何處停
貴人指引彼岸行

離鄉背井孤單行
遠別親人思鄉情

惶恐心情難平靜
燦爛街燈放光明

期待賺錢望貴人
感恩之心向前行

沐雨櫛風艱苦行
克服辛勞學且勤

旭日東昇見光明
回饋家人感溫馨

軍民同心國家興
皓月當空照光明

誠懇助人積善因
生命意義互關心

勤儉積德有善報
願望達成自創造

橫禍竟然從天降
牽腸掛肚費思量

生存渺茫心煎熬
奇蹟出現如珍寶

明德學如端木賜
道心可應陶朱公

一心堅定求前程
勇於表現萬事成

誠實謙恭做生意
交易公平合情理

成功需要更積極
膽大心細須用意

謹慎理財成寶坊
集思廣益有義方

敦親睦鄰貴人到
誠懇待人有福報

嘔心瀝血望進財
美玉勞日琢磨來

宏偉前途自創造
失敗成功心常照

做事公正真仁義
賺得金錢心謙虛

推展業務笑臉開
專心經營財神來

真誠待客品質高
遵守諾言服務好

少壯勤勞行苦心
駿馬奔騰報佳音

意堅勤奮超人群
技術精進時創新

集思廣益心生智
辛勞自有上天助

團結一致共同心
誠心待人生意興

註冊商標是保證
服務品質是責任

貫注精神上戰場
用心經營續發揚

鴻鵠之志憑本事
無心插柳終有成

奢侈花錢如流水
浪費時間永不回

積勞成疾沒體力
痛苦猶如在地獄

起死回生知感恩
生命意義助人群

修善仁義盡是道
運轉命運常普照

先苦後甘如是寶
省吃儉用好到老

及時行善種果因
佛光普照合家平

好高騖遠不實際
腳踏實地靠自己

君子德行菩提心
寬恕助人福報臻

解囊助人行好心
欣喜點燈照光明

和氣生財自然來
佈施無求心愉快

怡然自得有福報
心寬好運貴人到

寬容喜悅行佈施
安樂功德自心知
長者言下即是寶
勤儉無貪好到老
今天枉費心萬千
老年空持手一雙
富貴不知賺錢難
花光祖產時已晚
勞力賺錢自有道
警惕珍惜樂到老

生命意義互關心
相逢敘舊最溫馨
孝順父母種善因
耀祖光宗子孫興
呼吸不來臨命終
財產積山也是空
博愛仁心救世人
耶穌基督賜安平
先聖教化學道義
宇宙人生修真理

致予世人博愛心
浩然正氣慈善行

萬事善緣自安排
事事如意心常開

甜言一句有好報
善意利人記得牢

浮雲遊子求前程
勇於表現萬事成

立志忠實說道理
夫子教化講仁義

孟行天下之大道
哲理通達學至寶

命運之歌交響曲
哲理人生找契機

相由心生礙自己
離相心淨無罣礙

刻苦耐勞如是寶
虛心受教前途好

集思廣益心生智
辛勞自有上天助

自甘墮落無人理
出人頭地真歡喜

孝順父母有福報
尊敬師長貴人到

腳踏實地真實義
騰躍路遙知馬力

父母點燈照光明
老師指引好前程

明往西方心自在
道生極樂笑顏開

往日學佛脫苦海
生在淨土皈如來

觀音慈悲渡眾生
勢至菩薩現在前

阿彌陀佛來接引
誓願同生極樂界

無論遇到困難事
臉上笑容不能失

郵差送來一封信
喜出望外難相信

遠離故鄉求前程
陌生環境惶恐行

父母哥姊鼓勵去
種田賺錢不容易

幻想台北大城市
盼望離鄉去見識

新生開始友人助
感恩同事找出路

打掃清潔洗廁所
保持乾淨光溜溜

靈活變化找先機
資金來源不容易

獨自一人而遠離
鼓起勇氣向北去

勉勵自己台北去
衣錦還鄉出頭地

惶恐心情難平靜
左顧右盼尋友人

台北繁華好心情
燦爛街燈放光明

先苦後甘真實義
回饋家人樂心裡
長者言下即是寶
勤學先苦好到老

生命之光—心靈的釋放

在現代社會中，大家都爲生活而忽視精神糧食。爲了要活得更快樂，我很用心去研讀佛書。佛學的好處很多，能減少妄想、煩惱，能淨化心靈、提升智慧、心寬自在。現代人要求更好的生活品質，而每天忙個不停；爲了自己、爲了家人，放不下身心世界，而辛苦一輩子。我也不例外！

很幸運地在人生的中年以後，有機緣遇到佛法，瞭解一些道理，受惠很多。有這麼好的事，一定要分享給大家，讓佛陀的慈光普被。這也是我寫這本書的目的，分享我學佛的經驗給有緣的人。

人的生命是短暫的，如果能夠活三萬六千個日子就算不錯了。想一想在一天二十四小時裡，眞正心情快樂的時候有幾個鐘頭？大家皆爲了有更美好的明天而打拚，爭得你死我活，而忽略了當下的幸福。我們爲何活得那麼辛苦？因爲很少人會靜下心來，去探索什麼才是眞正的快樂。但是，只要能經常觀照自己的心，少欲無爲，知足常樂，心就能經常保持清淨。即使物質上擁有的雖少，但心靈上卻很富有，知道如何享受自己寶貴的人生，放下慾念私心，滿足並感激自己所擁有的，那麼就能平靜的生活，也就是最快樂的幸福。

人爲什麼會覺得活得很辛苦，就是因爲我們會執著事物而放不下。其實眞正的痛苦來自於慾望，人有了慾望，往往求不到就起妄想、煩惱、執著而痛苦。若要解決痛苦，得先知道慾望就是痛苦的根源。其實最大的敵人來自於自己，人求財易惱苦、求祿易心苦、求名易身苦，眞是無所不苦。有了慾望，就無所不求，所以人生是「有求必苦」。

佛教的方法是：必須化解、去除人的慾望、煩惱、嫉妒、憎恨、執著，因爲這些狀態會攪亂心緒；而這些混亂心緒的產生，來自於當我們隨時隨地珍愛有個「我」時，就會不顧一切的保護自我；這種無知就是痛苦的根源。若當我們認清這個「我」是短暫且虛幻的假象，並非眞實永恆的存在，就可破除慾望。因爲現在所擁有的，總有一天都會失去，這就是無常；若能洞見無常，並且能夠放下虛幻，到達無我的狀態，就能離苦得樂。

《心經》說「空」，非常的貼切。所謂「空」是緣生緣滅的現象；更進一步的說，就是「無自性」，也就是沒有一個「自有」、「獨一」、「常住不變」的存在。生命的過程，最終也只有使用權，而沒有所有權。名利到最後都不可得，都屬虛幻不實，不應執著。有粥吃粥，有飯吃飯，一切隨緣，身心自在。心不要貪得無厭，要這要那，多了還要再多，好還要更好，無窮無盡的欲壑，永遠不會有塡滿的一天。男人既有嬌妻，還要美妾；女人要先生事業順利，還希望他百依百順；父母期盼孩子溫順乖巧，還想要孩子樣樣第一，光耀門楣。人總是爲了追求名利、權勢，爲了滿足慾望而勞碌終生。

如果心不知足，縱使再多的財富或再高的官位也滿足不了自己。古傳一偈，說一個人從一無所有到當上皇帝，心還是不知足。偈曰：「終日忙忙只爲饑，才得飽來又思衣；衣食兩般皆具足，房中又少美貌妻；娶得嬌妻並美妾，出入無轎少馬騎；騾馬成群轎已備，田地不廣用支虛；買得良田千萬頃，又無官職被人欺；七品五品皆嫌小，四品三品仍嫌低；一品當朝爲宰相，又想君王做一時；心滿意足爲天子，更望萬世無死期。總總妄想無止息，一棺長蓋抱恨歸。」俗話說：「天是棺材蓋，地是棺材底，無論闖哪裡，總在棺材裡。」無論野心多大，仍在自然的法則裡。

人總是貪心，但貪心的結果往往一無所有。我們要隨時提醒自己，心貪、慾多只會帶來痛苦；心不能自由自在，就如囚犯被拘禁而不得自由，不能像鳥兒任意飛雲遊。慾念不息，因此多求多苦；常念知足，則能安貧守道。世間有那些東西是眞實的呢？到頭來，擁有的一切終究如夢一場，卻徒然在貪求慾望的過程中受盡折磨。「生前枉費心萬千，死後空持手一雙。」有求必苦，少欲無爲心幸福。

走過了大半生，追求過人生的頂峰；驀然回首，佛法的清涼智慧有如甘露灌頂，澆熄滾滾紅塵的熱焰。所以，怎麼能不把佛法的智慧分享出來呢？本書中的行文和例子都盡可能的淺顯易懂，因爲佛法隨時隨地都在我們身邊，只是大多數的人還未接觸到佛法，尙不知佛法能對我們的人生發揮極深遠的影響力。爲了讓對佛法還不解的大衆能更接近佛法，藉著這本書，分享我「佛學」的經驗和大家結善緣，希望大家在未來的生命中更熱愛自己、心胸更寬闊，最後能無罣無礙、自由自在、珍惜今生、法喜充滿，一起到達彼岸—西方極樂世界。

能忍天下本無事
慈善心寬必有福

每篇文章用一首詩詞來詮釋

家財萬貫帶不走
學佛了悟知回頭

檢討自己受人禮
尊重他人皆歡喜

苦樂唯心所創造
少欲無爲心是道

快樂不需往外求
幸福當從內心得

離苦無求最幸福
得樂少欲心知足

無明妄想憑空起
識得虛幻悟佛理

瞋恨毀滅清淨心
解開煩惱好修行

學佛解脫心中苦
挖掘心靈真幸福

萬般追求痛苦來
一朝釋負智慧開

民間宗教求保佑
大乘佛教不執著

宗派紛呈各自修
萬法歸一願成佛

不問不見他人過
如是我聞依法修

生老病死是諸苦
離苦得樂求淨土

人出世間無不死
生命無常求淨土

人生忙碌空辛苦
四大失調歸塵土

面對死亡笑顏開
往生極樂皈如來

今生學佛脫苦海
離開六道皈如來

生滅無常輪轉來
不生不滅脫苦海

一切諸相皆空寂
諸相非相佛菩提

生來世間受盡苦
往生西方歸淨土

五蘊皆空見自性
照見虛妄大修行

凡人見相非世界
聖人無相真世界

顛倒分別多迷惑
心無所住不執著

世間聰明多牽掛
真實智慧放得下

心隨境轉多勞苦
自在無求清淨福

貪財痛苦隨之來
破除貪念智慧開

非有非無即是空
亦空亦色有無中

能忍自安行忠恕
寬宏大量必有福

聽聞佛法百千遍
修得法喜宿世緣

降伏自心不二門
滴水穿石勤修行

珍惜佛法難遭遇
精進不懈破迷愚

菩薩慈悲喜捨心
自覺覺他度迷津

佈施供養福無邊
自性清淨功德現

般若自性本清淨
不生煩惱智慧明

讀經貴在心不迷
口誦心行踐佛理

拜山屈膝折我慢
釋放煩惱即放生

辛苦到處去找佛
佛在心中莫遠求

拈花微笑無聲息
禪之緣起心傳意

煩惱不生清淨生
妄想不起名爲禪

無是無非煩惱破
心安長伸兩腳臥

慈善福報生天界
佛教功德往極樂

菩提自性本清淨
應無所住生其心

風旛之議爭到底
仁者心動觀自己

口舌聽利非修行
真參實修見自性

虛空法界盡是佛
凡夫執著一個我

出家一缽千家飯
不取不著萬里遊

若能見性不算遲
永恆生命永淨土

不必向外求解脫
此心原來無束縛

修行證道有諸難
少欲不貪心自安

改邪歸正向善修
放下執著可成佛

往生西方心自在
助念加持見如來
阿彌陀佛來接引
誓願同生極樂界
西方淨土如明鏡
極樂世界賽仙景
見性成佛向心修
心平自在樂無憂

六祖法寶壇經淺譯

幾年前有一個機緣，讀了《六祖法寶壇經》之後，並且深入去了解其義理，真的受惠良多，因此我用了幾年的時間去淺譯這部經給有緣的人。這一部經典所詮釋的義理，是自己心的大事，就是心的問題。只要放下妄想、分別、執著、煩惱，這樣就能徹底解決自心的不安與雜亂，而得到心平自在樂無憂。也可以說：修心很容易，可是做起來非常的困難，不過只要有堅定的誓願心去實踐、奉行，一定能見性成佛。

我學佛時所感受到的法喜，使自己身心愉悅，那是前所未有的感動、充實與快樂。這種法喜感受，如人飲水冷暖自知，沒有學佛的人絕對無法體會。修心是點滴的功夫，我們每一個人都有不同的個性、習慣、知識和背景，這些都成形已久，根深蒂固的習性要馬上改變是很難的，唯有經由修心，從經論去研究，積極去修，就能夠滴水穿石，從污穢淤泥當中，生出美麗的蓮花。可見修行持貴在信心與恆心，勇猛精進、次第升進，就不難成聖道。

現在的人誦經、拜佛、念佛的人非常的多，如果能夠再加上多看幾本經典會更好，

可是要了解經典所詮釋義理才能受用。依我的經驗，一部經典看、聽千百遍也不算多。現在人的時間都不夠用，我建議可以選擇最喜歡的經典去研讀，做爲今生專修的佛經。今生有機緣聽聞佛法，也是宿世積德修來的，因此要更加努力地去研讀，才不枉費今生來做人。

我很幸運地在我人生中年以後，有機緣遇到佛法。然而深入佛法之後，才了解生命如果沒有遇到佛法，生命就沒有任何的意義。因爲生死一直重複，要離開六道輪迴就是修正道。只要了悟心是佛、佛是心的道理，不再執著於生命、自我，就能從輪迴中脫離出來。見性之人，死亡並不可怕，因爲他很淸楚自己死後的狀況──旣不是永遠消失，而是往生西方極樂世界，好像又回到了故鄉。

《六祖法寶壇經》是一部義理最簡單的經典，因爲它所詮釋的義理最適合東方人，所以我們稱爲六祖惠能大師是東方如來，只要我們有心認眞的去研讀，就會了解其義理，而一步一腳印的去做，有一天一定有希望見自本性而成佛。也因此我淺譯這部《六祖法寶壇經》來分享給有緣的人。

徹底放下不執著
往生西方剎那間

每篇文章用一首詩詞來詮釋

人間有生無不死
永恆生命求淨土

弟子恭請師升座
大師開緣說摩訶

嚴父左降作百姓
惠能賣柴度生存

聞客誦經即開悟
頂禮五祖忍大師

宿昔有緣得銀兩
安頓母親給衣糧

汝何方人求何物
唯求作佛禮大師

嶺南獦獠堪作佛
佛性平等心是佛

不與汝言知之否
弟子亦知師之意

世人終日求福田
生死輪迴苦無邊

枉用心力作偈頌
咸言衣鉢傳秀師

作偈將呈和尚看
覓祖即惡求法善

神秀作偈呈和尚
數度欲呈身流汗

菩提之道勤修行
莫使塵埃染心境

書了思惟煩不生
聖意難測至五更

祖知神秀未入門
誦持此偈結善行

更作一偈來吾看
作偈不成心不安

童子唱誦能一聽
此偈未見自本性

欲想修學見性法
不得輕視初學者

清淨自性本無物
無來無去無相故

不可思議性清淨
自性本來不生滅

三更受法人不知
善自護念度有情

代代相傳心傳心
故傳此衣以爲信

惠能三更得衣鉢
五祖送能至江口

蒙師傳法令開悟
今已得悟須自度

五祖數日不上堂
眾乃知焉惠能得

惠明作禮請說法
萬緣放下爲汝說

不思善惡本面目
惠明言下大徹悟

汝若如是即同師
善自護持明禮辭

惠能到達曹溪後
獵人隊中避惡人

議論不已風旛動
仁者分別心在動

見能言出合佛義
宗見衣鉢來頂禮

五祖如何來指授
唯論見性得解脫

某甲講經如瓦礫
仁者論義如真金

願聞聖教令淨心
萬緣放下自修行

菩提般若向心行
如法修行見自性

世人終日念般若
不解自性本清淨

妄想執著心中苦
口念心行離生死

心量廣大如虛空
不執善惡心暢通

空心靜坐即著空
了悟不動在動中

世界虛空含萬物
世人性空也如是

善惡盡皆不取捨
心如虛空無所得

智悟本來無一物
空心靜坐邪見故

心量廣大無分別
心體無滯知一切

智慧皆從自性生
見性一真一切真

一切時中般若行
一念放下智慧生

世人煩惱障礙多
若見般若就解脫

解義離境心自由
見性如水常通流

迷人口念心不行
念念若行名真性

前念著境煩惱起
後念不生即菩提

打破五蘊斷煩惱
如此修行成佛道

智慧常現無塵勞
不取不捨無煩惱
五更般若照無邊
不起一念歷三千
最上乘人心解悟
了悟觀照心生智
小根之人如草木
若遇大雨皆蓋覆
若知自心即是佛
不應心外去求佛

內外不住除執心
通達無礙修此行
一切經書本不有
因人建立而修行
徹底放下不執著
無所住心即是佛
各自觀心皆自悟
一聞言下見真如
不悟須覓善知識
解最上乘得頓悟

邪迷妄想顛倒起
若識自性至佛地
心不住相名無念
百物不思名邊見
萬法盡通佛境界
悟無念法至佛位
頓教發願得受持
在別法中不傳付
曠劫由來不生滅
何須生滅滅無餘

刺史恭請師陞座
今有少疑爲解說
造寺供僧梁武帝
執著功德未知理
佈施供養爲福報
功德無相名爲道
內心謙下才是功
外行於禮就是德
佈施供養福無邊
自修心平功德現

我本求心不求佛
了知三界空無物

徹底放下不住相
往生西方剎那間

學道常於自性觀
內外明徹見西方

了悟真理成佛因
普願眾生唯見性

若欲修行心須善
在寺不修離三寶

不染六塵名護法
出離生死名出家

迷人修福不修道
只言修福便是道

見取自性成佛道
法不相待眾人散

放下妄想煩惱心
定慧具足心自平

心口俱善定慧等
自悟見性不在諍

迷人直言坐不動
如作此解卻執空

若知諸法從心生
心不住法道通流

看心觀靜此置功
迷人如此執成顛

光是燈之用有二
體本同一此定慧

正教無有分頓漸
自識本心菩提現

無念無相無住者
無住爲本無束縛

離一切相名無相
法體清淨離於相

強迫自己不去想
斷除念頭又受生

一切塵勞皆如幻
起心動念即是妄

了悟緣起無自性
頓教法門立無念

不染萬境心清淨
見聞覺知離諸境
一切善惡心不染
離諸動定名為禪
外若離相心不亂
若見諸境心不轉
自見本性心清淨
自成佛道真修行
不見是非真修行
自性不動即清淨

自淨自修見自性
念念自淨見自心
不言是非無敵人
不問是非心自平
善惡境相不取捨
自心不亂結善果
修善自心不執著
敬上念下得善果
不思善惡心自在
心不攀緣無罣礙

自心知見無攀緣
達諸佛理至菩提

各自內修莫外求
無相懺悔今世修

念念不被愚迷染
永不復起真懺悔

懺其前愆知因果
悉皆盡懺不復作

只知懺其前罪惡
懺後又生不悔過

四弘誓願須受持
無上佛道誓願成

自性自度邪迷心
打破愚癡真修行

離迷離覺除妄心
常行正法心自平

四弘願了三皈依
自心清淨見真理

自性覺悟稱爲師
少欲知足名是父

各自觀察須用意
無來無去自皈依

自性自悟心中洗
內調心性自皈依

清淨法身向心修
見性圓滿報身佛

佛無形相在心頭
自性迷惑往外求

思量妄念善惡起
自除迷妄生法喜

常見己過不說惡
常行普敬真修行

念念起惡就行惡
思量善事常行善

圓滿報身如一燈
一念圓明見自性

不起善惡清淨心
直至菩提爲報身

學道常於自性觀
心平何需去持戒

言下見性善知識
此言不悟是凡夫
聖人出現曹侯村
劉志略禮遇甚厚
文字非關佛妙理
字雖不識亦會義
惡黨尋逐燒草木
六祖隱身挨入石
法達禮師不至地
內心狂妄來頂禮

汝誦萬部法華經
來此仗勢我慢心
我相有罪即生起
無相誦經福無比
今名法達外求玄
吾今告汝佛無言
法達悔謝告師曰
今後謙恭知一切
誦經遵照佛遺言
觀照奉行去實踐

此經因緣來出現
開示悟入佛知見

外迷著相不修心
內迷著空不見性

若聞開示便悟入
了悟即相而離相

開示悟入佛知見
自性法門性不遷

外緣內擾貪塵境
莫向外求心清淨

開佛知見生智慧
觀照自心不造罪

汝須念念佛知見
開佛知見出世間

口誦心行即轉經
實相奉行真如性

誦經三千久不明
念念成邪不見性

今令凡夫悟自心
不起諸見真修行

善巧方便有三乘
最上乘論一佛乘

皈依三寶成佛子
珍寶屬於佛弟子

三乘教義方便設
若識心性最上乘

三更心淨等虛空
遍滿十方無不通

山河石壁無能障
恆沙世界在其中

見聞覺知不離緣
諦信無迷菩提現

三身四智本不二
離開三身無四智

一切諸法皆如幻
自性本空那用除

森羅萬象併歸空
更執有空還是病

若能無念即真求
更若有求還不識

妙理玄奧非心測
不用尋逐令疲極

趣向聖道亦是邪
清淨自在勿需求

離諸法相無所得
不在口爭本無有

無來無去無生滅
不生不滅不執著

一體五用錯用意
放下生滅不生滅

諸法本自非空有
凡夫妄想論世樂

分別不起分別想
無上圓明常寂照

知見立知無明本
知見無見即涅槃

五陰本空無一物
六塵非有不出入

心如虛空不著空
動靜無心無凡聖

正法眼藏傳六代
願見我師授衣鉢

清淨自性無伎倆
見自本性無增減

無可造作心清淨
本來具足心自平

法本一宗一佛乘
人有利鈍名頓漸

六祖自性本具足
無師之智悟上乘

道在心悟豈在坐
清淨自性無造作

學道九年不開悟
和尚大慈請開示

棄惡行善名戒慧
自淨其意名爲定

妙真如性不增減
萬法本自寂滅相

悟解不同有遲疾
須知萬法自性起

欲見真如平等性
慎勿生心即目前

五蘊如夢幻泡影
趣向聖道也是邪

學道常於自性觀
即與諸佛同一類

自性無非般若智
頓漸頓修無漸次

惠能神秀本無爭
神秀徒弟起愛憎

正劍不邪無所損
行昌驚嚇久方蘇

常與無常方便說
清淨自性本無相

體悟無常畢竟空
圓滿清淨真常性

行昌因守無常心
不知佛說有常性

常見自心的過錯
不見他人的好惡

迷了尋找解脫路
卻問吾見與不見

無名無字見自性
無來無去本佛性

學道之人不起惡
一切善惡念盡除

惠能大師受衣法
遣薛迎請師上京

悟入佛道須坐禪
修禪習定得解脫

無生無滅清淨禪
諸法空寂清淨坐

弟子回京主必問
願師開示得心要

道無明暗無來去
法無有比無相故

常住煩惱心不亂
性相不遷名曰道

一切善惡莫思量
自然得入清淨心

簡授指教而大悟
禮辭回宮奏師語

三科法門離兩邊
二法盡除無去處

自性若邪起邪用
見自本性起正用

真正佛法不二門
長短邪正是二法

若全著相即邪見
若全執空即無明

妄念雖是生死因
不著一物盡菩提

無住無相法佈施
萬法不著頓教行

一問一對不失理
明暗來去中道義

汝等有疑早須問
吾若離世無人教

汝今悲泣爲誰呢
數年在山修何道

言下相應論佛義
實不相應令歡喜

遞相傳授度群生
決定無疑任大事

吾來漢地救迷情
五位祖師自然成

不生憎愛彼相中
一行三昧不住相

自心是佛莫狐疑
外無一物能建立

頓教法門今已留
救度世人須自修

見自本性無來去
吾滅度後依此修

徹底放下不執著
內心自在無所修

若欲求佛但求心
只這心這心是佛

人生世間無不死
永恆生命求淨土

清淨自性本無物
無來無去無相故

妄想執著心中苦
口念心行離生死

若見自性就幸福
世人煩惱障礙苦

徹底放下不執著
無所住心即是佛

佛無形相在心頭
自性迷惑往外求

清淨法身向心修
見性圓滿報身佛

各自內修莫外求
無相懺悔今世修

佛經因緣來出現
開示悟入佛知見

誦經遵照佛遺言
觀照奉行去實踐

自性法門性不遷
開佛知見出世間

世人終日求福田
生死輪迴苦無邊
妄念雖是生死因
不著一物盡菩提
悟解不同有遲疾
須知萬法自性起
自心是佛莫狐疑
外無一物能建立

佛法是哲學的最高峰。說有、無、空或中道義，這都不是，佛是無相，修行這只是方便說。如東西修了還是會壞，所以說凡所有相皆是虛妄，世間有哪一樣東西會是永遠存在的呢？想成佛是要用悟的，佛是清淨自性無相的，見不到、摸不著，就如虛空取不得、捨不得，可是有名無實相，所以說道不可修證。

達摩祖師西來中土只傳：直指人心，見性成佛。可是人人不相信，因為見不到自心，所以向外馳求。自性是眞佛，了悟自己本來就是佛，不假外求。末法時代法語泛濫不一、轉學人惑亂本性、無悟入處，唯有《達摩大師論集》與《六祖法寶壇經》二說最為至論，可以印證自己佛性，使人容易了解。

現在的人皆傾向於信仰外在的神佛。達摩祖師傳到中國來，只是傳這個不生不滅的心，因為我們見不到自己的心，所以禪宗就興盛不起來。因為末法時代，大家都在追求名利、福報、平安、健康，而不知無所求的心才是眞正佛法。

想要了生脫死就是要有正法。無所求，放下妄想、分別、執著、煩惱就是道，道卽是禪，禪卽是法，法卽是佛，佛卽是心，心卽是佛，佛是自在人。因此不要到處找佛，佛在自己的心中，向自心求，才是眞正在求道。求道也是方便說，說法者無法可說，聽法者無法可聽，性相不動，本來無一物，何處惹塵埃。

了知三界空無物
自性本空哪用除

自性圓滿悟本心
聖人悟解淨心行
金剛佛性如日輪
廣大無邊心平等
不生不滅第一諦
無有動搖真實義
真心無相不執著
了悟覺性爲本師
本性爲師守於心
妄想不生真修行

正念不失名爲禪
識自本心除妄緣
守住本心是涅槃
不解此義心迷妄
願早成佛守本心
三世諸佛皆同行
不守真心難成佛
有智眾生故知守
妄想不生爲正念
不失正念慧日現

行住坐臥守本心
斷除煩惱真修行

成佛不要往外求
自心見性就是佛

觀照奉行去實踐
實不相應令歡喜

若依文執失真宗
守本心至臨命終

了知三界空無物
一切諸法皆空無

本心是佛自覺知
挖掘心靈好幸福

心無形相無因果
自心不迷煩惱破

自性迷惑往外求
人生忙碌空苦過

佛經因緣來出現
自心是佛莫狐疑

求心不得待心知
不著一物離諸苦

清淨自性無一物
學佛解脫了生死

佛者覺也心是佛
徹底放下不執著

湛然清淨兩腳臥
今生了悟知回頭

開示悟入佛知見
外無一物能建立

自性本空那用除
清淨自性本無物

法身常住無所住
生來人間受盡苦

清淨法身向心修
若欲覓佛無所求

虛空法界盡是佛
妄想執著難成佛

誦經遵照佛遺言
言下相應論佛義

湛然不動自真如
無來無去無相故

覺者靈覺應接物
往生西方皈淨土
各自內修莫外求
只有自心是真佛
凡夫執著一個我
口念心行向內修

達摩大師傳心法要

達摩大師是印度南天竺國人，是國王的第三位皇子。傳承二十七祖般若多羅尊者的衣鉢，是一位不可思、不可測的智慧者，明達清澈廣闊，個性開朗，聽他說法很容易了悟。他志求大乘之道，所以出家之後繼而發揚光大，也是所謂的繼往開來。

深入潛在心底，默默的不言，就是空寂，心無所住的空性思想，虛寂之佛道。通達明照，他對出世間法的佛道很通達，也通達世間的萬法差別相。而悟道清淨自性，外在事相的一切法皆明了，是世間人的表率，也是當代的模範。無所求、無所得、無所懼。

達摩大師慈悲憐愍的來教化沒有佛法地方的人，因爲當時印度的佛教已經慢慢在衰弱，於是因而從印度涉海到中國來，當時是漢魏朝代。本來沒有信仰的學子，到後來沒有一個不信仰達摩大師的。可是也有一些心存我見之人，而乃生誹謗。當時只有慧可這位年輕的徒弟，雖然慢一點出世，但是有崇高的志向，才智過人。很幸運能遇到達摩大師，待奉他幾年，虔誠恭敬的請開示，善於承受體會師父的教化。

達摩大師被他所感動，就意之道來教導他安心，發起實行，隨順衆生，如是方便，此是大乘安心之法。如是安心者壁觀，心不動如壁是壁觀。坐而觀起無他，無外在的衆生相而行，如是發行四行觀。坐著觀照理入就是空，無所求、無所得，要發起實踐，只要不著相就成道，離一切相，卽名諸佛。說其由來，如此而已。

佛教的宗旨是人要成佛，我們要先了解人成佛會是怎麼回事？以今日科學的角度來比喻最爲貼切。現在人人手上一支手機，它的頻率和信號能供給手機千變萬化的功能，速度非常的迅速，從地球的東邊到西邊幾萬公里，只要在幾秒鐘就能到達目的地。雖然見不到、摸不著頻率或電波，但是它有作用，這跟我們的佛性是同樣看不見的，可是有作用。

如果人成佛後會比光速還要快，因爲光的速度一秒鐘只有三萬公里，這樣跟佛的動念比起來還慢很多。佛一個念頭想到哪裡立刻到達，如三千大千世界或十方淨土，一個念頭卽刻到達。一個小世界就是像我們這個地球，三千大千世界就有十億個地球這麼多、這麼廣大的地方，何況十方淨土。

而在現今的生活中，自性所產生的萬法，其速度有多快呢？《仁王經》上說法：一彈指有六十刹那，一刹那有九百生滅，一秒鐘彈指四次，九百乘以六十再乘以四等於二十一萬六千次的生滅，這只是方便說。

佛問彌勒佛：心有所念，幾念，幾相識也。彌勒佛言：舉手彈指之傾，三十二億百千念，念念成形，形皆有識，識念極微細，不可執持。彌勒佛是法相唯識專家。佛又一次問祂：起心動念有幾多念？有幾多形相和心識？「形」指的物質，識是心，是精神。彌勒佛回答：一彈指有三百二十兆念，一秒鐘可彈指四次，三百二十兆乘以四，等於一秒鐘內有一千二百八十兆的念頭生滅。念念成物質，只要有物質，心物必定同時存在，這麼微細的境界，沒有辦法執著，也是無法想像的，一想到它已經經歷無量的變化。一切萬法包括我們的身體和思惟生滅的速度，一切無所有，畢竟空，不可得。

不但身體不可得，靈魂生滅的速度，一秒鐘也是一千二百八十兆的生滅，也是不可得。但是只有自性成佛，是不生不滅的，動個念頭，想去哪個世界立即到達。所以說我們如果成佛，整個宇宙都是自己的，來去自如，無所障礙，這才是真正的永恆生命。

一念不生佛道成
慧解之心即聖人

迷時有心難修行
悟了無心即真心

無貪即是無所求
慈悲喜捨得解脫

虛空無相取不得
自性清淨無取捨

放下妄想不執著
了悟自心即是佛

見性之人不執著
放下妄想得解脫

妄想執著心中苦
永恆生命求淨土

清淨自性本無物
無來無去無相故

佛無形相在心頭
自心迷惑往外求

心不住相名無念
百物不思名邊見

能禮所禮性空寂
感應道交難思議

體悟無相心是道
道在心悟其在說
無求無得即無失
無來無去無諸苦
隨遇而安心平等
習氣滅了見光明
相信善惡有報應
違背佛理害自己
無念無相心無住
見性之人無束縛

無來無去大自在
來來去去無障礙
言語道斷不可思
心行處滅不可議
常自寂滅性不遷
覺悟之心出世間
妙性本空心不亂
坐禪境轉心不轉
心生種種法生起
一念心滅超三界

無解之解名真解
無見之見是正見

心知有得必有失
緣起性空本無物

一念不生佛道行
妄想不起清淨心

離諸法相無所得
禪修靜坐本無有

執著迷惑心顛倒
智慧觀照滅煩惱

圓明寂靜無所求
明心見性無所得

慧解之心即聖人
無念而念佛道成

念頭不起見真如
識自本心佛道成

心被污染而顛倒
了解修心是正道

了知萬法由心起
無貪瞋癡即見性

無量功德除三毒
離苦得樂無諸苦

斷一切惡心清淨
六根清淨好修行

食乳非世間之乳
方便法門來開示

依教說法功德花
最上之香智慧火

燈光明亮智慧開
塔如身心真修行

七法七事除無明
了解聖意功德行

執著佈施貪小慈
不知將來有大苦

求心不得待心知
了悟三界空無物

自性圓滿悟本心
聖人悟解淨心行

金剛佛性如日輪
廣大無邊心平等

不生不滅第一諦
無有動搖真實義

真心無相不執著
了悟覺性爲本師

本性爲師守於心
心無來去真修行

正念不失名爲禪
識自本心除妄緣

守住本心是涅槃
不解此義心迷妄

不守真心難成佛
有智眾生故知守

妄想不生爲正念
不失正念慧日現

行住坐臥守本心
斷除煩惱真修行

成佛不要往外求
自心見性就是佛

若依文執失真宗
守本心至臨命終

佛無形相在心頭
自心迷惑往外求
放下妄想不執著
了悟自心即是佛
無貪即是無所求
慈悲喜捨得解脫
妄想不起無念頭
見性之人心是佛
成佛之路向心修
自心見性就是佛

無量功德除三毒
離苦得樂無諸苦
清淨自性本無物
無來無去無相故
妄想執著心中苦
永恆生命求淨土
了知萬法由心起
無貪瞋癡性空寂
不生不滅第一諦
無有動搖真實義

心不住相是無念
百物不思名邊見
無解之解名真解
無見之見是正見
妄想不生為正念
不失正念慧日現
一念不生菩提行
妄想不起功德心
無來無去大自在
來來去去無障礙

真心無相無一物
了悟覺性為本師
虛空無相取不得
自性清淨無取捨
心知有得必有失
緣起性空本無物
無念無相心無住
見性之人無束縛
無求無得即無失
無來無去無諸苦

見性成佛

佛教不只是心靈的寄託，也是人生中最重要的一件事，就是因爲有生一定會死。可是現在的人都把死放在旁邊，而不去了解它，反正時間還沒到，先把賺錢、享受擺在前面，殊不知其實無常很快就到來。

所謂的無常，不是永遠存在的，剎那之間一定會消失，所以世尊來到人間苦口婆心，教世人不要再來六道輪迴，只要見到自己的清淨自性，就能夠回到自己的故鄉——往生西方極樂世界，而不是死亡。

佛法教世人很多方法如何見性。故經云：「凡所有相，皆是虛妄。」都無定實，幻無定相，是無常法。但不取相，合它聖意。故經云：「離一切相，卽名諸佛。」

每一個人都有菩提般若的智慧，只緣心迷，拼命的往外追求，而心亂不能自悟，割捨不下。所見到的事物是眞實，而不知都是假相，沒有永恆性。煩惱一堆，不了解歇卽是菩提。本性是佛，離性無別佛，只要見性就是佛。達摩大師曰：若要覓佛，直須見性。性卽是佛，佛卽是自在人，無事無作人。若不見性，終日茫茫，向外馳求，覓佛原來不得。

只要見性，心就是佛、佛就是心，不必要到處找佛，因爲永遠找不到祂。所謂：放下屠刀、立地成佛。就是當死亡來臨時，當下要放下所擁有的財富、親情及所有的一切，自心才能夠眞正平靜自在，當下就會見到自性佛—就是西方極樂世界。

見性成佛向心修
心平自在樂無憂

是風動，還是旛動——禪之南傳

西元六七六年，印宗法師在廣州法性寺講《涅槃經》，這時寺中的旗旛在空中飄揚著，兩位僧人爭辯不休：到底是風在動，還是旗旛在動？

其中一位僧人問，如沒有風吹來，旗旛會動嗎？因此是風動。另一位僧人則反問：如果沒有旗旛，風吹過來，你能見到風在動嗎？因此是旗旛動。兩位僧人議論不休，是誰說的正確呢？

六祖惠能這時正在法性寺旁聽印宗法師說法，聽到兩位僧人的爭執，就出來解說：「不是風動，不是旛動，仁者心動！」動的既不是風也不是旛，而是你們的心在動。會爭辯風動還是旛動，就表示這兩個人心中有風和旛的分別、有動和靜的分別、有不同立場的分別，有分別心就不是佛法。

在佛法中，有動念就表示有所住、有所執著，是心受到外面世界物象的影響，而沒辦法保持原有的清淨心。有所執著就會有所分別，有所分別才會有所爭辯，因此這兩個僧人的爭執，其實正顯現了他們內心仍然執著於境相。

風動與旛動對一般人來講是很正常的爭辯，沒什麼特別的意義。可是遇上開悟的聖者，以他悟道的心性來解說，就有另一種禪意。我們為什麼會活得很痛苦？因為我們在意識中有所分別，而執著於「生滅」、「得失」、「善惡」等對立，所以心無法清淨，而煩惱不堪。如果沒有分別心，就能夠放下，不只是風吹旛動，就算山崩地裂、天翻地覆，這顆心都如如不動，不會被這些境相影響。

人們一直被自我的主觀意識觀念牢牢桎梏，以致於無法輕易轉移原本對事物觀察的角度，產生新的思維，因此無法觀照事物的真正本質，所以才有「風旛之議」。真正佛法是不二法，有分別、愛恨、增減等等是二法。

印宗法師聽了惠能的解答，對他大為佩服，馬上禮為座上賓，徵問佛義。當時距離惠能離開東禪寺已經十五年，而十五年前弘忍大師早已透露禪法衣鉢已經南傳了，只是大家都遍尋不著。因此印宗法師猜測，眼前這個人或許就是得到五祖衣鉢的大師。惠能本來在東禪寺只是一個舂米的工人，根本還算不上和尚，因此印宗法師在確定他的身分之後，便親自為他剃度，之後更主動拜他為師，向他求法。這可說是禪法南傳的開端。

風旛之議爭到底
仁者心動觀自己

佛是心・心是佛

十幾年前有一個機緣，接觸到佛教的書籍，在那個時候還不了解，佛法對人生有那麼的重要，直到這幾年深入去研讀才知道。生命沒遇到佛法，生命完全沒有任何意義。生死一直重覆，六道輪迴，會痛苦不堪。

佛法是心法，是自己的事，不要想求他人來爲你解脫，就如要維持自己的生命還是要靠自己呼吸。這麼簡單的問題，可是世間人把它弄得很複雜，好像要依靠某些重量級的人來修行才能成佛。其實不然，只要你從經典或法師學了一句「正法」而去奉行、實踐，就能夠見性成佛。六祖惠能大師曰：直指人心，見性成佛。

社會的變遷，現在很難找到眞正而正確修「心」的方法。因爲誤認爲心外有佛，有法可去追尋，所以大家都往外求佛，自心是佛，佛是自心，往外求一定找不到佛的。成佛的根器人人本自有之，不假外求，本心卽是佛，不應只是苦苦地向外求佛、拜佛；辛苦很久到處找佛，找到最後才發現，原來佛住在自己的心中。識得本心向內修，一定會成佛。

初祖達摩大師曰：佛無過患，衆生顚倒，不覺不知自心是佛。若知自心是佛，不應心外覓佛。佛不度佛，將心覓佛不識佛。但是外覓佛者，盡是不識自心是佛。亦不得將佛禮佛，不得將心唸佛。佛不誦經，佛不持戒，佛不犯戒，佛無持犯，亦不造善惡。若欲覓佛，須是見性，見性卽是佛。若不見性，唸佛誦經持齋持戒亦無益處。唸佛得因果，誦經得聰明，持戒得生天，佈施得福報，覓佛終不得也。（禪宗是：直指人心，見性成佛；淨土宗是：念佛往生西方極樂世界。）

若自己不明了，須參善知識，了卻生死根本。若不見性，卽不明善知識。若不如此縱說得十二部經，亦不免生死輪迴，三界受苦，無有出期。昔有善星比丘，誦得十二部經，猶自不免輪迴，緣爲不見性。善星旣如此，今時人講得三五本經論以爲佛法者，愚人也。若不識得自心，誦得閑文書，都無用處。

六祖惠能二十四歲時，五祖弘忍半夜爲他講《金剛經》大意，講到「應無所住而生其心」時，惠能大師豁然開悟。六祖與世尊所悟的境界無二無別。悟的是什麼呢?徹底放下妄想、分別、執著、煩惱。換句話說，他們六根對六塵境界，不再起心動念，沒有分別執著。自性本具的智慧圓滿顯現，這就是所謂的大徹大悟，明心見性。

《六祖法寶壇經》是一部義理最簡單的經典，因爲它所詮釋的義理最適合東方人，所以我們稱爲六祖惠能大師是東方如來，只要我們有心認眞的去研讀，就會了解其義理，而一步一腳印的去做，有一天一定有希望見自本性而成佛。也因此我淺譯這一部《六祖法寶壇經》來分享給有緣的人。

若能見性不算遲
永恆生命求淨土

心的問題

幾年前有一個機緣，讀了《六祖法寶壇經》之後，並且深入去了解其義理，真的受惠良多，因此我用了幾年的時間去淺譯這部經給有緣的人。這一部經典所詮釋的義理，是自己心的大事，就是心的問題。只要放下妄想、分別、執著、煩惱，這樣就能徹底解決自心的不安與雜亂，而得到心平自在樂無憂。也可以說：修心很容易，可是做起來非常的困難，不過只要有堅定的誓願心去實踐、奉行，一定能見性成佛。

我學佛時所感受到的法喜，使自己身心愉悅，那是前所未有的感動、充實與快樂。這種法喜感受，如人飲水冷暖自知，沒有學佛的人絕對無法體會。修心是點滴的功夫，我們每一個人都有不同的個性、習慣、知識和背景，這些都成形已久，根深蒂固的習性要馬上改變是很難的，唯有經由修心，從經論去研究，積極去修，就能夠滴水穿石，從污穢淤泥當中，生出美麗的蓮花。可見修行持貴在信心與恆心，勇猛精進、次第升進，就不難成聖道。

現在的人誦經、拜佛、念佛的人非常的多，如果能夠再加上多看幾本經典會更好，可是要了解經典所詮釋義理才能受用。依我的經驗，一部經典看、聽千百遍也不算多。現在人的時間都不夠用，我建議可以選擇最喜歡的經典去研讀，做為今生專修的佛經。今生有機緣聽聞佛法，也是宿世積德修來的，因此要更加努力地去研讀，才不枉費今生來做人。

我很幸運地在我人生中年以後，有機緣遇到佛法。然而深入佛法之後，才了解生命如果沒有遇到佛法，生命就沒有任何的意義。因為生死一直重覆，要離開六道輪迴就是修正道。只要了悟心是佛、佛是心的道理，不再執著於生命、自我，就能從輪迴中脫離出來。見性之人，死亡並不可怕，因為他很清楚自己死後的狀況—既不是永遠消失，而是往生西方極樂世界，好像又回到了故鄉。

了悟心佛不執著
無來無去就是佛

修行難

「佛法在世間，不離世間覺，離世覓菩提，恰如求兔角。」佛在世稱「正法時代」，佛滅度五百年後稱「像法時代」，滅度一千五百年後則是「末法時代」。即使佛在世時，有些人仍會謗佛，不相信佛所說的道理，或是扭曲了佛的原意，更何況是末法時代，違背佛理的狀況就更猖獗了。佛曾經預告過：末法時期，會有很多人利用佛法的名義牟利，儘管他可能把佛法說得好像頭頭是道，但心中還是以名利的追求爲主，當然就不可能眞正修行證道。所以說，我們其實很難在末法時代找到一位聖人。

由於人心捨不掉很多不好的意念、習氣，因此都成爲難題：不去嫉妒他人難、除掉我慢心難、持平等心難、不說他人是非難、被侮辱而不起怨恨心難、有權勢不去利用難、喜捨心難、富貴修行難、捨掉生命求法更難。一般人碰到事情，幾乎都是先想到保護自己，因此很難超越自我的意識，更難捨棄這些爲了自我而做的追求。這也就是一般人修行的障礙。

現在經濟發達，交通便利，到處皆有百貨公司，有買不完的東西，讓人逛不累。

國內外風景美麗，景色迷人，讓人到處觀光，流連忘返。電視上則有看不完的影片、連續劇，人身攻擊的批評性節目也大受歡迎。在這五光十色的環境中，人們大多隨波逐流地過著現代的生活。相較之下，修行者要捨棄這一切的享受，守著粗茶淡飯，接受身心各種考驗，是多麼難得的事啊！因為現代生活是這麼的舒適，而修行是這麼的辛苦，自然也就很少人想去修行了。

然而，世間享受雖然好像很快樂，但人其實應該好好把握為人的機會，好好修行。因為只有修行證道，才能讓自己了生脫死，免於繼續六道輪迴。不過這個時代的環境，到處充斥著慾望的誘惑，以及追逐名利的觀念，要修行真的是不容易。而出家，即是以「戒」來規範不斷向外攀緣的心，隔絕這種種的誘惑，使修行人的心內斂收攝、反觀自性。從這個角度來看，出家是要比在家容易修行得多了。

修行，應該先修正自己的心，面對利益、權力、善言、惡言、喜愛或怨恨都要如如不動。境轉心不轉，對任何事能不憤怒，對物不貪愛，能夠少欲，除去我執，就能妄想不起、煩惱不生，自然而然就生出智慧。（而智慧就是徹底的放下）

修行證道有諸難
少欲不貪心自安

心由自己安——慧可安心

說到心，大家都知道，可是心究竟在那裡？不在內、不在外、也不在中間，無來無去、無方無所，沒有蹤跡可尋，不是言語可指。一般人總認爲心是五臟六腑中的心臟器官，如果心臟失去功能，生命也就無法延續了。但在佛教的思想中，分爲生物身理機能的色身，和精神法理機能的法身，心指的是人的思考、意念、認知能力，人一切的思維活動，都可以說是「心」的活動。

人見不到自己眞正的心，而想盡辦法要讓自己的心滿足，因此到處追求快樂，例如去歌廳唱歌或飲酒、跳舞享樂等。但做完這些事情之後，反而經常感到心靈更空虛、無聊。因爲這些虛妄的快樂不是永恆的，一旦快樂終止，就要面臨結束、失落的痛苦。就像一個惡性的循環，越是空虛，就越渴望從外界獲得快樂，然而在快樂結束後，卻是更大失落的開始。這種循環帶給人無窮的幻想與煩惱，心自然無法安定。

修行人也會起煩惱。就如同南北朝時代，當達摩祖師東來南朝傳法時，慧可向達摩祖師求法：「弟子的心始終不能安寧，妄想、煩惱紛飛而心不能安，請師父安我的心。」祖師很樂意要為他安心，說：「請將你的心拿來，我幫你安。」慧可當然拿不出自己的心，但當下豁然開悟，因為他意會到心是自己所擁有的，是自己的思想、意念，只有自己可以掌控，別人是不可能代替你思考的。就算今天釋迦牟尼佛在面前，也只能用佛法的法理言語來感化你、教導你，讓你知道如何安心，但你自己如果不改變，祂也無法幫你。所以想要安心，只有靠自己去轉變心境。達摩祖師一語道破慧可的迷惘，讓他明瞭心不可得。眾生總以為是心在主宰，有心可得，因此執妄，也因此衍生出無邊的憂苦煩惱，不得自在。

《六祖法寶壇經》上說：「但自卻非心，打除煩惱破；憎愛不關心，長伸兩腳臥。」意思是說，如果自己沒有起心動念，就不會有煩惱，沒有憎愛，那麼就不會有心不安的狀況。平常人被世俗的見解所蒙蔽，這顆靈明的心沒有洗乾淨，而容易被外面的世界所引誘，有所追求，自然常有煩惱、不安。如果能夠放下這些執著、慾望，妄想不生、煩惱不起，心自然就能平靜。心若清淨，心常空寂，自然而然心就能安。

慧可在達摩祖師一句話的點撥之下，就體會到佛性潛藏於我們內在的心裡，只要能夠擺脫妄想、分別、執著、煩惱，就能「見性」。這顆如如不動的心，只要不起心、不動妄念，體會到無心可安，就能眞正的「安心」。後來慧可便傳承了達摩祖師的衣鉢，成爲第二代祖師。

無是無非煩惱破
心安長伸兩腳臥

功德與福報

南北朝時代，南朝的君主梁武帝一心向佛。當達摩祖師東來南朝傳法，最初度化他時，他曾問祖師：「我一生興建幾千座寺廟供養僧人、佈施財物、設齋供眾等利於佛法的事，不知有些什麼功德呢？」可是達摩祖師當時卻回答：「實在說，並沒有什麼功德。」

六祖惠能大師解釋說：武帝有執著心，執著於自己所做的善事，因此他認爲他所做的諸如建造寺廟、供養三寶（佛、法、僧）、佈施財物、設齋供眾等善行，都是有「功德」的。他犯的錯誤，就是將這些帶來「福報」的善事，都當作是「功德」。

現在一般人均把福報當作功德，兩者其實是南轅北轍。佈施金錢、財物、設齋供眾等等有利於他人的行爲，叫做「善事」。善事會帶來人天的福報，也就是在人死後面對六道輪迴時，可以進入天人、阿修羅或人身的「三善道」，而不會像沒修福又作惡的人，可能墮入畜牲、地獄或餓鬼的「三惡道」去受苦，這是行善的好處。

然而功德卻不是這樣。六祖說：「見性是功，平等是德。念念無滯，常見本性眞實妙用，名爲功德。內心謙下是功，外行於禮是德。自性建立萬法是功，心體離念是德。不離自性是功，應用無染是德。」也就是說，所謂的「功德」不在外在的行爲，而在自己內在的修養。修練自己的內在心性，見到自己的清淨自性，沒有善惡相對的分別心，就是功德，和心裡執著做了什麼善事是完全不同的。

六祖曰：「迷人修福不修道，只言修福便是道。佈施供養福無邊，心中三惡元來造（貪、瞋、癡）。」意思是說一般人搞不清楚福報與功德的差異，以爲修福就是求道的方法。佈施、供養雖然可以帶來福報，但如果心中還有執著，做再多的善事，對自己的善根還是沒有任何幫助。這當然不是跟大家說做善事沒有用，而是如果做了善事，心中還一直掛念著它，甚至爲了得到好處而去行善，這對於自身的功德是一點幫助也沒有的。

佈施供養福無邊

自性清淨功德現

坐禪

現在的人都很辛苦的在過日子，卽便工作之餘，每天還是有忙不完的雜事。若稍有空閒，想要使內心靜下來、紓解壓力，有些人就會想到坐禪。其實這也算是一種釋放內心煩躁的好方法。坐禪不一定要有好的環境，但如果有了一個好心境，便隨時隨地可以坐禪。怎樣算是一個好心境呢？把精神集中、安住自心、不執著任何事物，就會感到安詳、舒暢。

一般人認爲坐禪只要盤腿坐著，觀察自己的呼吸就是禪，其實不然。所謂的「禪」，指的是靜淨地讓心澄慮，使心中安定、不起雜念妄想，這就是「禪心」。因此，祖師所教導的禪，不只是教我們身坐、身不動，最重要的是教我們不起心、不動念，降伏一切妄想、放下一切執著。如果能夠妄想不起、煩惱不生，那麼無論行住坐臥都是禪。如果心有妄念、煩惱、幻想，那麼無論坐著面壁盤腿多久，也不是眞正的禪。

自性淸淨不動就是禪。六祖惠能大師說：「何名坐禪？此法門中，無障無礙，外於一切善惡境界，心念不起，名爲坐；內見自性不動，名爲禪。」又說：「何名禪定?外離相爲禪,內不亂爲定。外若著相,內心卽亂;外若離相,心卽不亂。本性自淨自定,只爲見境思境卽亂。若見諸境心不亂者,是眞定也。外離相卽禪,內不亂卽定。外禪內定,是爲禪定。」一般人往往被外界的種種「相」所困擾,看到事物就有所執著,這就是所謂的「著相」。「著相」會帶來各種顚倒妄想,心也會跟著外相迷亂。如果對外能夠不迷惑於這些「相」,任它落葉花開、不問春寒秋熱,就是做到「離相」,不被「相」所牽絆;這樣一來,內心就不會亂。如此內外相合,外不受相之影響,內不起妄而亂,就是眞正的「禪」、「定」。

因此,修行必須在心性上下功夫,而不是整天坐著不動。六祖曰:「住心觀靜,是病非禪。」耽著於靜境,這是病態的行爲,不是眞正的禪法。因爲長年打坐,使身體受到拘束,這對體悟佛法是得不到任何好處的。六祖又說了一句偈頌:「生來坐不臥,死去臥不坐;一具臭骨頭,何爲立功課?」便說明了外相的修行並非重點。

南嶽懷讓禪師見馬祖道一每天精進坐禪修行,便問他:「你坐禪爲的是什麼呢?」馬祖道一回答:「爲了成佛。」懷讓禪師當下就取來一片瓦板,在庵前的石板上磨著。道一覺得很奇怪,便問道:「禪師在做什麼呢?」懷讓禪師回答:「我要將瓦磨成鏡子。」道一笑道:「瓦怎能磨成鏡子呢?」懷讓禪師便說:「坐禪又怎能成佛呢？」道一問道：「那該怎麼做才能成佛呢？」懷讓禪師反問他：「如果有人駕牛車，車子不走，是打車或打牛呢？」道一沒回答，懷讓禪師便說：「你是爲了學坐禪呢？還是爲了學做佛？如果是爲了學坐禪，禪並不是坐或臥；如果是學做佛，佛並沒有固定的相，來去自如，無所取捨。你若執著坐相，就不能通達佛法眞理。」

而事實上，坐禪的最高境界不僅是要人不起心、不動念，更是能起心動念，又不受到這些妄想、幻象的迷惑。如果不起心、不動念，固然不會受到外面境相的影響，但是如果除掉了人心的種種自然活動，人也就跟木石沒什麼兩樣。了悟清淨自性的人，一樣可以有各種思維，但不會執著於這些意念，而能眞正自由自在、無所罣礙，一舉一動、一思一念無不是禪。

煩惱不生清淨坐
妄想不起名爲禪

拈花微笑——禪之緣起

一個對禪有興趣的人，一定會想去了解禪的由來。現在我們就來談談禪的緣起。

釋迦牟尼佛在靈山會上爲衆徒說法，他不發一語，只用手拈一朵金波羅花微笑著，長久不語，弟子們個個面面相覷，不知何故。卻在此時唯有摩訶迦葉尊者破顏微笑，瞭解釋迦牟尼佛的用意。

釋迦牟尼佛與迦葉尊者心心相印，不需要言語，就可以理解彼此的想法，禪宗心法也於此形成─佛法的心法，終歸在令萬法回歸自性。所以，不管哪一個宗派，禪、淨、律、密，都要回歸自性，著眼於從清淨內在油然而生的大智慧，而不宜倚靠外在的語言、文字，乃至於符號的觀念、意識型態。因爲佛法的要義是直接從心中體悟，靠「心」去體會，所以叫做「心法」。同時，由於人本身具有佛性，所以不必外求，只要回到自己清淨的內心，認識自己本來未受污染的本性，就可以體悟到自身圓滿的清淨自性；由體證到佛性後，也就成爲佛。正因爲禪宗的心法是如此的直接、明快，不拐彎抹角卻又充滿了以心會心的奧秘，因此吸引了無數人去參究、探索，進而開悟、證道、成佛。

迦葉尊者是禪宗的第一代弟子，一直傳承到第二十八代達摩祖師。達摩祖師原為天竺香至國的第三個兒子，二十七歲那年拜二十七祖般若多羅為師。他承受衣鉢，後渡中土傳法，為中國佛教禪宗初祖，但他的教理未受當時篤信佛教的梁武帝所接受。《六祖法寶壇經》上說：「若言下相應，即共論佛義；若實不相應，合掌令歡喜。」達摩祖師初化梁武帝，因為言下不相應，所以「合掌令歡喜」而離開他，渡江到嵩山少林寺面壁坐禪。渡江北上時，因為江邊無渡船，所以他就折了一片蘆葦當船隻，「一葦渡江」就是指這個故事。

經過了與釋迦牟尼佛、迦葉之間同樣「以心傳心」的印證之後，同樣的達摩祖師把衣鉢傳給神光，也就是二祖慧可。慧可傳給三祖僧璨、僧璨傳給四祖道信、道信傳給五祖弘忍、弘忍傳給六祖惠能。到現在唯一由中國人寫下語錄，而可稱為「佛經」的，也僅有這一部《六祖法寶壇經》而已。想要更透徹的瞭解禪宗的內涵，一定要看這部經，才不會失去相印禪心真諦的契機。

拈花微笑無聲息
禪之緣起心傳意

慈善與佛教

慈：對人要有愛心、有憐憫的心，對任何人說話不可以嚴苛，而且要善待每一個人，世間上沒有你不喜歡的人，平等心就是慈。

善：就是幫助需要幫助的人，可是內心沒有我在做慈善的想法，這才是眞正種福田。（如果只有種福田還是不能成佛的）

六祖惠能大師向門人說：「世人生死事大，你們終日只求福田，不求出離生死苦海。」佈施行善是修福，每天做慈善的事，這樣是不能解脫的。意思是：還要六道輪迴（只能得到人天福報—三善道）。所以說：先把自己生命意義的宗旨是做慈善或要成佛，先弄清楚，再決定往哪個方向前進，然後再廣學多聞一門深入，不要盲目跟人走。人身難得今已得，才不會枉費今生來做人。

佛教是心教：見性是功，平等是德。見到了清淨的自性，悟到了平等的心性，才有功德。內心謙下是功，外形於禮是德。降伏自己就見性，見性成佛。

修功德之人，心卽不輕人，常行普敬。必須尊重一切衆生，不可以拿有「相」

的造作，來當作眞如無爲的本性功德，這是兩碼事，功德在「無相」的法身中。達摩祖師曰：想要成佛須自性內見，見性成佛，不是佈施、供養之所求也。有了清淨心才是功德，而不是用佈施就能夠得到的。

佛在世稱「正法時代」，佛滅度五百年後稱「像法時代」，滅度一千五百年後則是「末法時代」。佛曾經預言過：末法時期，會有很多人利用佛法的名義牟利，儘管他可能把佛法說得好像頭頭是道，但心中還是以名利的追求爲主，當然就不可能眞正修行證道。所以說末法時代，很難找到一位聖人。

佛陀在世的時候，也跟弟子一樣，要到村裡去托鉢。《金剛經》有一段經文：「爾時，世尊食時著衣持鉢，入舍衛大城乞食，次第乞已，還至本處」。佛陀又規定每天只能托鉢一次吃一餐，不可以囤積托鉢回來的食物，等明天再吃。這就好像有些人把錢存起來，有了積蓄後，反而心被錢財綁住，心就隨著存款的增加而產生傲慢心，因此佛陀對僧伽才會有這種不可囤積食物的規定。可見物質的豐厚，也是修行的障礙之一。所以說：慈善與佛教有別。

慈善福報生天界

佛教功德往極樂

降伏自心

對佛法不瞭解的人，多半以爲降生當人非常美好，而不知人生在世得不斷精進修行，才能往生至西方淨土，終至究竟圓滿。如果沒有學佛、沒能學會轉念，那麼做人眞的會很辛苦─快樂的時間短暫，痛苦的日子卻多，經常身心交瘁、瞋怒爭鬥、生靈塗炭、永無寧日。有生就會有老、死，年老也會很痛苦，臨終時心靈所遭受的恐懼，更是難以言喻。這些都是做人必經的過程，沒有任何人能夠倖免逃過。

但是，身爲人還是比落入惡道輪迴更幸運，因爲人可以修行。我們內在本有的佛性，一旦能夠明心見性，了悟萬法皆空的道理，就能離開六道輪迴，從此遠離一切諸苦。

修行是點滴的功夫。我們每個人都有不同的個性、習慣、知識和背景，這些都成形已久，根深蒂固的習性要馬上改變是不可能的。唯有經由修行，從經論去研究，發心學菩薩行，由菩薩進而成佛，才能去除凡夫習氣，轉凡成聖。更重要的是，修行要從內心升起堅定的信念，每一個念頭都以修正自己爲目標，不可間斷。就好像灌溉幼苗，要細心培養才能成爲一棵大樹。只要有能耐，積極修行，就能夠滴水穿石，從污穢的淤泥當中，生出美麗的蓮花。可見修持貴在信心與恆心，勇猛精進，一級一級做起，次第升進，就不難成就聖道。

我們凡夫都離不開煩惱。想要踏進修行的領域，第一步就是先盡心盡力把眼前該做的事情、該盡的責任完成，老老實實認淸自己還沒開悟、還有很多煩惱，而發心依佛法盡心盡力修行，降伏自心，這才能夠離苦，遠離煩惱。

一旦眞正體悟到世間萬法皆空的道理，開悟、迷惘、修行對他來講，都不過是世間的虛名詞彙罷了。「說法者無法可說，聽法者無法可聽」，這是眞正得道者的境界。因爲在他心中，已經不會再執著於「佛法」的概念，一切都是無相，都是空的。不過，這是開悟者的境界；對於因地凡夫而言，還是要好好從斷惡修善做起，依循佛的教法努力實踐，做足修行的功夫，才能走向開悟的境界。

降伏自心不二門
滴水穿石勤修行

「忍」與「寬」

「屋寬就心寬，腰纏萬貫，心境自然寬」，這一類的心寬只是取悅於自己的慾望，而不是眞正的「心寬」。眞正的心寬是不去計較，以寬大的心胸原諒他人、以菩薩的精神待人，這叫做「饒益」。這樣做表面上好像自己吃了虧，其實並不然。因爲如果處理事情的方式能使他人快樂，自己也會油然生出一種喜悅的滿足感，這不但是一樁好事，且又多了一次修行的機會，何樂而不爲？又假如被欺辱了，也必須能夠忍受、克制自己，不去理會種種侮辱，這才是眞正的心寬。

可是人要做到饒益心寬實在很不容易，一定要有「慈悲」的態度，才能改變自己。平日常行饒益，處處以利益他人爲前提，充滿了容人之量，既不去問、也不去看世間他人的過失，完全本著一片忠恕之心，這就距離饒益心寬不遠了。

一般人在面對欺辱、逆境時，心裡往往會覺得不平，覺得自己委屈、受苦。但是如果能夠明白，這一切的苦難折磨其實就是一種修行方式，是爲了讓我們學習忍耐、學著用平常心面對種種不公平，那就更能放寬心胸，不和他人計較。

先改變自己，心才能放寬，這個「寬」字在人生中非常重要。我們看到世間許多的紛爭不幸，全是由於人人爭名奪利，不肯彼此謙讓而起。寬恕之道可使人與人和睦相處，可說是人際之間的潤滑劑。而「忍」與「寬」是有密切關係的，能忍心就寬，能忍心自安，在「心寬」之前須能忍，先從不隨情緒起伏開始做起，忍下情緒、觀察自己的起心動念，放下執著，就能眞正心寬。心寬沒有煩惱、無憂慮者必有福。

能夠從「忍」走到「寬」的關鍵，在於能夠見到自己的過失。所謂「常見己過近乎道」，能夠經常見到自己的過失，就能眞正與「道」相應。「道」就在當下這一念清淨的自性當中，離開自心找不到道。如果碰到種種苦難、逆境、欺辱，卻沒有委屈、受苦的感受，而能以平常心面對，這就是修道。當處發生、當處寂滅，緣起性空不可得，這就叫做修道。

能忍自安行忠恕
寬宏大量必有福

死亡與往生

恐懼死亡的人很多，大家都捨不得離開人世，而執著於自己在世間擁有的一切，也不知道死亡究竟是什麼感覺？死亡以後又要往哪裡去？想到自己總有一天，也會躺著永遠不再起來、沒有知覺，大家都會感到害怕。

有的人覺得死亡就是「斷滅」，死掉以後自己就永遠消失了，不再存在於這個宇宙間，沒有形體、沒有神識，因此覺得很害怕。但事實上並不是這樣。人死了以後，神識還是繼續存在著。一般人認爲所謂的「死亡」，就是進入六道輪迴。如果生前有行善，就會進入三善道：天、人、阿修羅；如果生前作惡，就會墮入三惡道：畜生、地獄、餓鬼。這是我們無法自己選擇的。而不管是進入哪一道，都意味著要重新進入世間；一旦進入世間，就表示之後還是要繼續面臨生老病死種種的經歷，輪轉不停。

要離開六道輪迴的方式，就是修行證道。只要能了悟萬法皆空的道理，不再執著於生命、自我，就能從輪迴中脫離出來。這樣一來，死亡不再是死亡，而是終於離開了侷限我們的肉體，獲得新的生命；這也就是佛教所說「往生」的意思。對於一個發願往生的修行有成的人而言，死亡並不可怕，因爲他很清楚自己死後的狀況——既不是永遠消失，也不是重新經歷輪迴，而是前往西方極樂世界，不再經歷世間的苦難，而成爲嶄新的生命旅程，好像又回到故鄉。

六祖惠能祖師在臨終前，曾經向弟子們宣布自己不久於人世。當時在場的弟子都放聲大哭，只有神會默然不語，也不哭泣。六祖問其他弟子：「你們求的是什麼道？今天哭泣究竟是爲了誰？」在這些弟子之中，只有神會能夠超越生死的執著，因此不會爲這個消息而難過。六祖說：「我很清楚自己要去哪裡，不然我又如何能夠預先告訴你們我將要離開人世？你們哭泣是因爲不知道我死後往哪裡去，如果知道了，就不會哭泣了。你們要了解，『法性』是不會生滅去來的。」

因此，如果今天有一位開悟者，在臨命終時見到親友的不捨，甚至是爲了祂的離開而悲傷、哭泣，祂的內心會覺得大家的悲傷是可笑而多餘的，因爲祂現在很自在安詳，已經從這世間塵俗中解脫了，開悟者反而會替大家將來往生到何處去而擔憂呢！

今生學佛脫苦海
離開六道皈如來

四大本空

《佛說八大人覺經》云：「第一覺悟：世間無常，國土危脆；四大苦空，五陰無我；生滅變異，虛僞無主；心是惡源，形爲罪藪。如是觀察，漸離生死。」

《八大人覺經》總共列出了八種覺悟的途徑，這裡是第一種。其中，「世間無常」、「生滅變異」這幾個概念之前都已經解說過了，其他如「國土危脆」，指的是生命所居的世界容易崩毀損壞，「五陰無我」，指的是看穿色、受、想、行、識五蘊（卽五陰）都是空的，不過分執著。那麼「四大本空」又是什麼意思呢？

「四大」，就是地、水、火、風。人的骨頭屬地（身體骨肉等堅硬性皆屬之）；血液屬水（汗等溼潤性皆屬之）；熱氣屬火；呼吸屬風。地、水、火、風爲一切萬法的元素，四大聚合或分散，萬法也就歸於成、壞，因爲它們不斷在變化，並非永恆，所以說「四大本空」。

人是依靠著四大而生存的，植物也是一樣。比如樹木，它也有四大：樹木的主莖爲地；水可使它得到滋潤；太陽的照射是火；空氣流通是風，四大均衡才能夠活下去。當四大失調，樹木卽將枯萎、消失，而回歸塵土。

人體是吸取宇宙微細的元素而生存，這些元素也都屬於四大，當四大失調就回歸於塵土。死亡之時，原本構成生命意識的五蘊會消散，而組成身體的四大也會慢慢消失。所以說，如果用四大來代表我們的身體，那這個身體也非永恆，這就是「四大本空」的意思。更進一步說，有生就有死，此乃必然現象，既然已經被生下來了，就要面對死亡。如此一來就更說明了「四大本空」——所有的生命，最後都要回歸虛無。人生辛苦忙碌，到最後還是空持手一雙，又有什麼好計較的呢？

佛陀告訴我們四大本空，就是要人從這之中看見生命的本質，因此我們應利用難得的人身修行、證道、成佛，不再來世間輪迴，不再受四大之苦。

人生忙碌空辛苦
四大失調歸塵土

離苦得樂

我們都知道，人因多欲而苦。人求財是—欲苦，想要賺更多的錢，煩惱也就愈積愈深而苦。人求利是—心苦，每個人想占優勢，想追求到利益，卻換來滿心不自在而痛苦。人求名是—勞苦，爲了求名不辭辛勞付出，但往往又是求不到而苦。求財、求利、求名，眞是無所不苦。

人世之苦不脫三種：苦苦、樂苦和行苦。苦苦是指身心受到摧殘，苦上加苦，生病痛苦難熬，痛不欲生時所受的苦。樂苦是樂境失去後所感受到的苦。家財萬貫，一夕之間變成一無所有，飲酒作樂之後心靈空虛、樂非永恆、樂完苦生，故名樂苦。行苦是諸行無常，時刻在變，不得安定，無常故苦。如果眞正瞭解到世間是苦的，當臨命終時心不恐懼，反而高興，因爲終於要離苦了。

離苦往生歸淨土
人生忙碌空辛苦

自性真佛偈

六祖惠能祖師言：「汝等諦聽，後代迷人，若識衆生，卽是佛性；若不識衆生，萬劫覓佛難逢。識自心衆生，見自心佛。欲求見佛，但識衆生，只爲衆生迷，非是佛迷衆生。自性若悟，衆生是佛；自性若迷，佛是衆生。自性平等，衆生是佛；自性邪險，佛是衆生。心若險曲，卽佛在衆生中。一念平直，卽是衆生成佛。我心自有佛，自佛是眞佛。自若無佛心，何處求眞佛？汝等自心是佛，更莫狐疑。外無一物而能建立，皆是本心生萬種法。故經云：『心生種種法生，心滅種種法滅。』吾今留一偈，與汝等別，名『自性眞佛偈』。後代之人，識此偈意，自見本心，自成佛道。」

若識本心即成佛
眾生若迷難解脫

念佛往生西方極樂世界

精勤念「南無阿彌陀佛」至誠懇切的心力，而且以清淨心念佛，把自己所有的執著心和自私心放下，專心一意念佛，念念相繼與佛相應就得以往生。

念佛易修行的方法，也是難修行的方法，所謂「易」指的是只要念「南無阿彌陀佛」的佛號，就能修行成佛；所謂「難」指的是要念至心無雜念，日夜不離佛號，時時刻刻觀照自己是否正在念佛，而且不要讓妄想入侵，如果起了妄想，自心佛就離開了。一旦發現心離開了佛號，就馬上把佛號找回來，不要讓佛跑掉，要了解心是佛，即心即佛。

老實持名念佛「是心是佛，是心作佛—是觀無量壽經的一段經文。」這也是四祖道信大師所提倡的，除了專修西方淨土的持名念佛，別無其他法門更易修行，這也是近數十年間念佛求生淨土的主要原因。專心一意念佛，當然往生西方極樂世界，這是不容狐疑的事實。

念佛往生求解脫
放下執著可成佛

是心作佛、是心是佛

持名念佛或觀想念佛，念念在佛念之中。坐也阿彌陀佛、行也阿彌陀佛，縱然很忙，還是阿彌陀佛，隨時都在念念阿彌陀佛。平常一般人說：我太忙了，沒辦法念佛。能夠做到身忙心不忙，還是一念在「阿彌陀佛」上，如此隨時隨地念下去，必定往生西方極樂世界。

我們害怕死亡是生命的結束，一生所努力經營的財富、親人、朋友、勢力，此時一點都幫不上忙。一旦死神來敲門，任何權勢或神威一樣保護不了我們。在離開這個世界時，一文錢也帶不走，最相愛的人或親友無法陪伴，只能單獨的去面對未來，這時只有昔日的修行才能安住自己的心。臨終時若能不忘是心作佛、是心是佛，心中就會保持祥和寧靜，讓自己時時住於善念之中，而最後則會幫助我們坦然面對死亡。臨終時的感受是正面或負面的，這完全依生前的修行而定，因此平常要精進，隨時都以心是佛，是心作佛，有佛伴著，當然死亡無懼。

是心作佛本無我
有我就不能成佛

西方極樂世界

無論是誰，只要活在這個世界一天，就一天天的增加煩惱、憎恨、恐懼，永不消失。故活在這世界的期間，最好能修行，念佛往生西方極樂世界，這就是「開悟的世界」，乃是指「死猶如生的境地」，也可以說一個沒有痛苦、幸福、快樂、無爭又沒煩惱的極樂世界。可是也有很多人不想到西方極樂世界去，因爲他們認爲到那裡去會很無聊，而且沒事做。他不了解如果能夠往生西方極樂世界也能去十方世界。

一個日月是我們現在的一個地球，一千個日月等於一個小世界，一千個小世界等於一個中千世界，一千個中千世界就是三千大千世界。如果你要遨遊三千大千世界也要好幾億年，不要說遊十方世界，三千大千世界就有這麼大的地方讓你去玩還會寂寞嗎?有的人不相信十方世界有這麼大，如果以現在我們的世界譬喩給井底之蛙聽牠也不相信，外面有這麼寬大的農村，還有鄉、縣、省、國內、國外。因爲牠看不到外面，所以認爲牠住的地方已經很大了。就如人飲水冷暖自知，沒見到的或嘗試過的心都存著懷疑的態度。

自性開悟是西方
放不下心是人間

西方極樂世界

不再輪迴

人常說：「死了、一了百了，人死了就什麼都沒有了」，其實不盡然。雖然人死了肉體不動，可是神識依然存在。神識隨著業力輪迴，善有善報、惡有惡報，這就是因果。做惡的就隨著惡業六道（人、天、阿修羅、畜牲、餓鬼、地獄）而輪迴；如果做善、修行圓滿得往生西方國土，不再受六道輪迴之苦。人常預約下輩子要當英俊男生或豔麗女生，而且還要降生在大富的家庭，這不是自己能夠安排或控制的。如果惡業多於善業，也有可能墮入地獄或當畜牲。何不趁著今生當人，求往西方極樂世界不再輪迴。

佛告阿難及韋提希：「下品下生者，或有衆生，作不善業，五逆、十惡，具諸不善。如此愚人，以惡業故，應墮惡道，經歷多劫，受苦無窮。如此愚人，臨命終時，遇善知識，種種安慰，爲說妙法，教令念佛。彼人苦逼，不遑念佛。善友告言：汝若不能念彼佛者，應稱無量壽佛。如是至心，令聲不絕，具足十念稱「南無阿彌陀佛」。稱佛名故，於念念中，除八十億刧生死之罪。命終之時，見金蓮華，猶如日輪，住其人前。如一念頃，卽得往生極樂世界。於蓮華中滿十二刧，蓮華方開，觀世音菩薩、大勢至菩薩，以大悲音聲，爲其廣說諸法實相，除滅罪法。聞已，歡喜應時即發菩提之心。」

不再輪迴就解脫
心量廣大如虛空

施比受更有福

當兵的時候，發生了一件令我印象深刻的事，到今天我還是記憶猶新，這不但警惕我，更讓我往後在社會上立足有很大的幫助。

有一天晚上外出散步，遇到一位老奶奶，她背著一個小孩，右手又牽著一個。這位奶奶問我「這條路是到台南茄萣嗎?」我回答是的。

然後牽著小孩急著轉身就走，我突然心想，怎麼不坐車呢?走路大約要兩、三個小時。我立刻叫住她：「奶奶，客運就在這裡呀!」她回答我：「我沒錢買車票，我們要趕路回家，兩個孫子從中午到現在都還沒吃飯。」我趕緊替奶奶買了車票，也買了麵包給她們吃，當時奶奶感激到掉下眼淚來。

從那個時候開始，我了解到幫助眞正需要幫助的人，才是眞快樂，所以我一直感激奶奶。因爲與她的偶遇，這才激勵我，日後更努力賺錢。

生命意義助他人
助人快樂過一生

看看別人、想想自己

聰明的人不一定會成功，一定加上智慧，什麼是智慧？人對我不友善，我應該對他更好，吃虧是在考驗自己的耐力，如果吃不了虧，人生就會被自己打敗。我一生都在找吃虧的事來做，這是我成就的好方法。這才是眞正的有智慧。

如果常去看別人的缺點，心境會因此而起變化。心無法平靜，易起妄想、分別、執著，而起煩惱。因爲執著一個我是、他人非，認爲自己比別人高一等，而只想看別人的缺失，來顯示自己的優點，卻不知這樣對自己沒有好處，反而給自己帶來很多煩惱，其實這就是在傷害自己。

凡人有很多的觀念，一直都在犯錯而不自知，認爲自己比別人強，想要佔優勢。如果見到他人的成就，心裡就不舒服。反之，如果借重、學習他人的好處，對於自己有很大的幫助，既可學到眞實的事物和道理，對於心境也會減少妄想，就不會生起煩惱，生活可以達到心平自在樂無憂，快樂在汝自心頭，何樂而不爲呢？所以要常看看別人的優點，想想自己的缺點。

先想想自己今天所有發生的事，有做錯什麼事、說話有沒有傷害到別人？這是每天最重要的一件事。人都厭惡被批評他的不是，如果無意間去得罪了一個人，就易豎立很多的敵人，因爲他會免費宣傳你的缺點，或無中生有來打擊你，因此容易造成爭執。我們爲了生活而每天很辛苦的在打拚學業和工作，因此沒必要有其他不愉快的事情，來造成精神上的負擔，否則沒有更好的心情去做應該做的事。所以：不說是非最聰明，不聽是非心自平。如果能夠常以善言佈施，從內心眞正的稱讚別人，要以眞誠的心才能廣結善緣，這是修心的眞功夫，每天一定會活得逍遙自在。就從現在開始，做任何事不但會順利，心裡也很舒暢，而且可能會有人來幫助你，所以我們要常想想自己的過失，讚嘆別人的優點，晚上睡覺會很安穩。因爲沒有外面的敵人，也沒有內心的敵人，世間沒有你不喜歡的人，心就安詳自在。這就是智慧，也是一個人成功的起點，一輩子會活得非常快樂又幸福。

真正生命修自己

觀照自心不生氣

合掌令歡喜

生命的意義不只要創造自己，更要利益他人。而利益他人的方式，不一定要靠物質或金錢，語言佈施或精神佈施，也是很好的方式。以真誠的心，不要起分別心，平等地對待任何人，只要一直持續做下去，總有一天一定會發現，周遭的人會慢慢對你友善，這友善也使得我們獲得豐盛的生命。

當一個人遇到人、事、物不如意、或很生氣的事時，絕對不要錯怪他。一定要記住，如果今天我沒來到這個人世間，就沒有什麼事會發生的，所以還是自己的錯。本來無一物，何處惹塵埃。

常以寬容心待人，生活會安樂自在。最後一定能得到諸神的保佑。

若言下相應，即共論命運；

若實不相應，合掌令歡喜。

國家圖書館出版品預行編目資料

古今藏頭詩集新錄 / 陳明道著 . -- 初版 . -- 臺北市 :
博客思出版事業網 , 2022.08
面 ; 公分 . --(當代詩大系 ; 24)
ISBN 978-986-0762-33-4(平裝)

863.51 111012286

當代詩大系 24

古今藏頭詩集新錄

作　　者：陳明道
編　　輯：楊容容
美　　編：楊容容
封面設計：塗宇樵
出　　版：博客思出版事業網
地　　址：台北市中正區重慶南路 1 段 121 號 8 樓之 14
電　　話：(02)2331-1675 或 (02)2331-1691
傳　　真：(02)2382-6225
E—MAIL：books5w@gmail.com 或 books5w@yahoo.com.tw
網路書店：http://bookstv.com.tw/
https://www.pcstore.com.tw/yesbooks/
https://shopee.tw/books5w
博客來網路書店、博客思網路書店
三民書局、金石堂書店
經　　銷：聯合發行股份有限公司
電　　話：(02) 2917-8022　　傳真：(02) 2915-7212
劃撥戶名：蘭臺出版社　　帳號：18995335
香港代理：香港聯合零售有限公司
電　　話：(852) 2150-2100　　傳真：(852) 2356-0735
出版日期：2022 年 8 月 初版
定　　價：新臺幣 280 元整（平裝）
ISBN：978-986-0762-33-4(平裝)